악마의 음악

OTHER VOICES

경우勁雨 현대 판타지 장편소설

WISHBOOKS MODERN FANTASY STORY

악마의 음악 13

OTHER VOICES

경우勁雨 현대 판타지 장편소설

초판 1쇄 찍은 날 | 2019년 10월 24일
초판 1쇄 펴낸 날 | 2019년 10월 31일

지은이 | 경우
펴낸이 | 예경원

기획 | 위시북스
편집책임 | 이은송
편집 | 위시북스

펴낸곳 | 예원북스
등록번호 | 제396-2012-000132호
등록일자 | 2012. 7. 25
KFN | 제1-480호

주소 | 경기도 고양시 일산동구 호수로 646-24 위너스21 II빌딩 206A호 (우)10401
전화 | 031-819-9431 팩스 | 031-817-9432
E-mail | yewonbooks@naver.com

ISBN 979-11-365-0422-7 04810
979-11-89564-46-9 (set)

※ 이 도서의 국립중앙도서관 출판시도서목록(CIP)은 서지정보유통지원시스템 홈페이지(http://seoji.go.kr)와 국가자료공동목록시스템(http://www.nl.go.kr/kolisnet)에서 이용하실 수 있습니다.

악마의 음악
OTHER VOICES
13
경우勁雨 현대 판타지 장편소설
WISHBOOKS MODERN FANTASY STORY
Wish Books

CONTENTS

악마의 음악
OTHER VOICES

◈ 1장 ◈
EPL을 움직여라(2)

2주 후 영국 런던 히드로 공항.

아스날 FC의 초대를 받은 병준, 케빈, 시즈카, 건이 장시간의 비행을 마치고 살짝 피곤한 얼굴로 공항에 모습을 드러내자 출입국 관리소가 소란스러워졌다.

리버풀 사운드 시티의 영향이 아직 사라지지 않은 지금, 영국에서 가장 핫한 뮤지션인 건과 케빈을 본 공항 직원들이 호들갑을 떨었기 때문이다.

하지만 수많은 뮤지션들이 오가는 세계적 공항답게 곧 상황이 정리되었다.

일반인의 출입이 불가한 직원 전용 출입로를 통해 공항 밖 주차장으로 나온 병준이 맑은 공기를 마시고 기지개를 켠 후

오랫동안 피우지 못한 담배를 입에 물었다.

잠시 주변을 두리번거리던 병준이 일행에게 양해를 구하고 조금 떨어진 곳에 있는 흡연 부스로 향했다.

직원 전용 출입구라 그런지 아무도 없는 흡연실에 들어온 병준이 담배에 불을 붙였다.

장시간 담배를 피우지 못한 병준은 담배 연기를 깊게 들이마신 후 머리가 어지러운지 몸을 잠시 휘청거렸지만, 신호가 가고 있던 전화를 받는 상대의 목소리에 정신을 차리며 말했다.

"아…… 안녕하세요, 판타지오의 이병준입니다."

핸드폰 너머에서 밝은 남성의 목소리가 흘러나왔다.

-아, 도착하셨습니까? 지금 국제선 쪽에서 기다리고 있습니다.

"아, 예, 공항 쪽에서 배려를 해줘서 직원 전용 주차장 쪽으로 나와 있습니다."

-오, 그러시군요. 우리 팀 선수들도 자주 이용하는 곳이죠. 잠시만 기다려 주세요, 10분 안에 모시러 가겠습니다.

"네, 부탁드립니다."

전화를 끊은 병준이 어지러운지 흡연실 안에 있는 의자에 뽀얗게 앉아 있는 담배 먼지를 입으로 후후 불어 털어낸 후 그 자리에 앉았다.

유리로 된 흡연 부스 안에서 게슴츠레한 눈으로 담배 연기를 느끼던 병준이 유리문 쪽으로 고개를 돌리다가 화들짝 놀랐다.

"으허어어억! 깜짝이야!"

유리문에 입을 대고 공기를 잔뜩 불어 대고 있는 케빈을 본 병준이 놀라 소리치자 그가 재미있다는 듯 웃음을 터뜨리며 뒤에 서 있던 시즈카에게 병준을 가리켜 보였다.

큰 캐리어 가방 위에 앉아 있던 시즈카가 입을 가리고 웃고, 그 옆에 놓인 자신의 가방 위에 다리를 꼬고 앉아 있던 건도 실소를 흘리는 것을 본 병준이 눈에 쌍심지를 켜고 담배를 비벼 끈 후 흡연 부스 문을 열었다.

케빈이 도망치는 시늉을 하자 병준이 소리를 질렀다.

"좀! 장난 좀 그만 쳐요! 10분 뒤에 직원이 픽업하러 올 거니까, 조용히 기다려요."

케빈이 어깨를 으쓱하며 말했다.

"저한테도 말 편하게 하시면 조용히 있을게요."

병준이 눈썹을 꿈틀하며 시즈카와 건을 보았다.

셋 중 케빈에게만 편하게 말하지 않았기에 그가 소외감을 느꼈을 수도 있겠다 싶었던 병준이 한쪽 눈썹을 추켜세우며 케빈을 돌아보았다.

"후회할 텐데요?"

케빈이 손뼉을 짝짝 치며 말했다.

"후회라니요! 전혀 그렇지 않습니다, 매니저님~!"

건이 병준과 눈을 맞추고 사악한 웃음을 짓자 병준 역시 음흉한 웃음을 지은 후 고개를 끄덕였다.

"좋아, 앞으로 편하게 대하지."

"오오! 드디어! 감사합니다, 매니저님!"

기뻐하는 케빈을 보던 건이 씨익 웃으며 병준을 보자, 그 역시 의미심장한 미소를 지었다.

시즈카는 여자였기에 편하게 대하면서도 괴롭히지 않았지만, 남자에게는 180도 다른 모습을 보이는 병준에 대해 몰랐던 케빈이 마냥 기뻐하자 병준이 고갯짓을 하며 말했다.

"아직 몇 분 더 시간이 있으니까, 난 담배 하나 더 피울게. 시즈카도 있으니 좀 멀리 떨어져 있어라. 아! 너무 멀리는 가지 말고."

병준의 말에 단단해 보이는 흡연 부스를 본 건이 피식 웃으며 말했다.

"흡연 부스 하나는 끝내주게 만들었나 봐요, 담배 냄새 안 나니 그냥 여기 있을게요."

"어, 그래라."

병준이 다시 흡연 부스로 사라지자, 저 멀리 주차장 입구로 하늘색 롤스로이스 리무진이 들어오는 것을 본 케빈이 말했다.

"우와! 저 차 봐. 저런 건 얼마나 할까?"

시즈카 역시 감탄하며 차를 바라보았다.

"그러게요, 하늘색 롤스로이스는 처음 보는 것 같아요. 저런 건 어떤 사람들이 타고 다니는 걸 까요?"

케빈이 눈썹 위에 손을 올리고 차를 자세히 보며 말했다.

"석유 부자나, 뭐 어디 왕자나 공주님 정도 되겠지."

하늘색 롤스로이스가 주차장을 돌아 흡연 부스 쪽으로 오는 것을 본 케빈이 혹시 자신이 비싼 차의 진로에 방해가 될까 싶었는지 황급히 캐리어를 밀어 길을 비켜주었다.

천천히 부드럽게 움직이던 차가 캐리어 위에 앉아 다리를 꼬고 있는 건의 옆에 섰다.

팔짱을 끼고 앉아 있던 건이 살짝 고개를 숙여 창문을 보자 창문이 열리며 짧은 금발의 젊은 남자에 웃는 얼굴이 보였다.

"안녕하세요, 케이!"

건이 언제나 마주치는 팬으로 생각하고 작게 미소 지으며 손을 들었다.

"안녕하세요."

금발의 남자가 차에서 내린 후 건에게 손을 내밀어 악수를 청했다.

"아스날 FC 프런트에 테리 배너블스 입니다. 일리셰르 우스마노프 씨가 픽업해 달라는 요청을 하셔서 데리러 왔습니다."

그제야 상대가 아스날의 직원임을 깨달은 건이 캐리어에서 일어나며 그의 손을 맞잡았다.

"아, 그러셨군요. 실례했습니다, 케이입니다."

테리가 시원스럽게 웃으며 건의 손을 꼭 잡았다.

"하하! 알고 있습니다, 이쪽은 케빈, 그리고 이쪽 미녀분은 시즈카 미야와키 씨군요. 그런데 미스터 리는 어디 계십니까?"

"아! 여기 있습니다, 생각보다 일찍 오셨군요."

담배를 피우다 유리문 밖으로 차가 서는 것을 본 병준이 한 발짝 늦게 흡연 부스에서 나오며 악수를 청했다.

병준과 인사를 마친 테리가 롤스로이스의 뒷문을 열어주며 말했다.

"자, 타시죠, 일리셰르 씨가 기다리고 계십니다."

짐을 트렁크에 넣은 일행이 리무진의 뒷좌석에 올라타자 케빈이 가장 먼저 소리쳤다.

"우아아아! 차에 냉장고가 있어! TV도 있고, 헉! 뒷좌석 시트 밑에 변기가 있다!"

호들갑을 떨며 차를 구경하던 케빈이 갑자기 자신의 뒤통수를 강타하는 충격에 머리를 감싸 안고 비명을 질렀다.

"크아아악! 누구야!"

얼마나 아팠는지 눈물을 글썽이며 뒤를 돌아본 케빈의 눈에 주먹을 들고 싱글거리는 병준이 보였다.

"편하게 대해달라며? 후훗"

"헉…… 매니저님?"

"난 원래 친하면 몸의 대화를 하지. 네가 원한 거니까 후회는 하지 마. 아, 혹시나 해서 말하는 건데 취소는 없어."

케빈이 두려운 눈으로 병준의 솥뚜껑만 한 주먹을 보다가 엉덩이를 슬금슬금 움직여 건의 곁에 바싹 붙었다.

등에 건이 닿자 돌아본 케빈이 조용한 목소리로 속삭였다.

"매니저님 원래 저런 캐릭터였어?"

건이 장난스러운 웃음을 보이며 고개를 끄덕였다.

"크큭, 응 원래 저래. 나한테도 그러니까, 너 이제 큰일 났다. 푸하핫."

겁먹은 표정으로 병준을 돌아본 케빈이 울상을 짓자 시즈카가 웃음을 터뜨렸다.

네 사람을 지켜보던 테리가 말했다.

"이제 런던 북쪽의 프레스트버리의 저택으로 가겠습니다. 일리셰르 우스마노프 씨의 저택이고 영국에 계시는 동안 그분의 저택에서 숙식을 해결하시면 됩니다."

병준이 간단히 답을 하자 차가 출발했다.

건이 테리의 눈치를 본 후 그에게 들리지 않을 목소리로 조그맣게 물었다.

"병준이 형, 일리셰르 우스마노프 씨는 뭐 하는 분이에요?"

병준이 잠시 기억을 떠올려보다 안 주머니에서 수첩을 꺼내 뒤졌다.

"음…… 아스날은 구단주 체재가 아니라 구단 경영 기업 체제야. 최대 주주는 스탠 크론케이고 그의 경쟁자인 2대 주주가 바로 일리셰르 우스마노프라고 하네. 우즈베키스탄 출신의 러시아 억만장자래. 2010년 포브스가 발표한 자료에 따르면 총자산 규모 72억 달러로 세계 100대 부자에 들어가는 대단한 양반이지."

옆에서 듣고 있던 케빈이 살짝 놀라며 약간 큰 소리로 말했다.

"헉! 72억 불요?"

병준이 황급히 케빈의 입을 막으며 테리의 눈치를 봤다.

"조용히 좀 해, 이 눈치 없는 놈아."

"읍, 읍!"

양손을 들어 올리고 조용히 하겠다는 제스처를 보이는 케빈을 놓아준 병준이 그의 옷에 손을 닦으며 이맛살을 찌푸리자 실소를 짓고 있던 건이 말했다.

"그런데 그런 사람이 우릴 왜 불렀을까요? 구단 차원의 일이라면 구단에서 제공하는 호텔에 가는 것이 일반적이지 않나요?"

병준이 케빈의 침이 묻은 손을 그의 청바지에 닦아대며 말했다.

"모르지, 우리야 뭐 억만장자랑 알고 지내서 나쁠 건 없으니 그냥 그렇게 하겠다고 한 거니까. 하지만 좀 이상한 건 최대 주주인 스탠 크론케가 아니라 일리셰르 우스마노프라는 것이 좀 이상하긴 해. 가보면 알겠지."

런던 시내를 지난 차가 영국의 시골길을 지나 한참을 달리자 고즈넉한 시골 마을에 엄청나게 화려한 저택들이 차 주변을 지나갔다.

그중 화려해 보이는 수영장을 가진 대저택을 가리킨 케빈이 창문을 열고 휘파람을 불었다.

"휘익! 엄청나게 좋은 집이네, 나도 저런 집에서 살아보고 싶다."

케빈의 외침을 들은 테리가 웃으며 말했다.

"맨체스터 유나이티드의 웨인 루니가 거주하는 집입니다, 케빈."

"헉! 웨인 루니 집이라고요? 저기 가요? 헐!"

웨인 루니의 이름이 나오자 점잖게 앉아 있던 건마저도 엉덩이를 들썩대며 창문에 바짝 붙었다.

흥분한 케빈이 시즈카를 돌아보며 외쳤다.

"시즈카! 웨인 루니 누군지 모르지?"

시즈카가 그녀답지 않게 자신만만한 얼굴로 허리에 손을 올렸다.

"나도 공부 좀 했죠! 웨인 루니, 맨체스터 유나이티드의 포워드이고, 잉글랜드 국가 대표팀의 스트라이커잖아요."

"헉! 공부 좀 했네, 진짜."

"호호, 이제 나도 축구 이야기할 때 낄 수 있다고요, 2주 동안 매일 축구만 봤으니까요."

예쁜 웃음을 지으며 브이를 그리는 시즈카를 본 케빈과 건이 웃음을 지었다. 창문을 열고 밖을 보던 두 사람이 차가 서서히 속도를 줄이는 것을 느끼고 앞쪽을 보았다.

방금 본 것보다 세 배는 커 보이는 거대한 저택 앞에 금테 안경을 쓴 뚱뚱한 남자가 승마복을 입고 서 있는 것이 보이자 테리가 재빨리 차에서 내렸다.

"일리셰르 우스마노프 씨, 케이 일행을 모시고 왔습니다."

"허허, 그래요. 수고하셨습니다."

테리의 말을 들은 병준이 가장 먼저 내리고 시즈카와 케빈, 건이 차례로 차에서 내리자 일리셰르 우스마노프가 건을 보며 양팔을 펼쳤다.

"하하, 제집에 오신 것을 환영합니다. 그레고리 그 친구가 사윗감이라고 자랑하던 케이를 실제로 보니 TV에서 볼 때보다 훨씬 미남 같군요! 하하."

모든 이의 시선이 건의 얼굴에 꽂히자 건이 얼빠진 표정으로 자신의 얼굴을 가리키며 말했다.

"예? 사, 사윗감이요?"

덩치 큰 일리셰르 우스마노프가 건의 어깨에 손을 올린 후 웃음을 지으며 앞을 가리켰다.

"하하, 들어가서 이야기하시죠, 아직 날이 추우니까요."

얼떨결에 그와 함께 저택으로 향하는 건의 뒷모습을 보고 있던 시즈카가 조용히 입술을 깨물었다.

일리셰르 우스마노프의 안내를 받아 정문으로 들어선 케빈이 입을 떡 벌렸다.

"화이트 하우스보다 큰 거 아냐, 여기?"

그의 눈에 비친 정원은 겨울이라 황금색으로 물든 잔디밭이 펼쳐진 평야와 간간이 서 있는 고즈넉한 나무, 저택 왼편에 승마를 위한 말 사육장이 있는 거대한 저택이었다.

사육장 안에 보이는 세 마리의 말은 백마 한 마리와 흑마 두 마리였고, 넓은 사육장이 만족스러운 듯 여기저기를 뛰어다니고 있었다. 세 마리 모두 건강 관리가 잘 되어 있는지 굵은 힘줄과 멋진 근육이 꿈틀대는 명마로 보였다.

시즈카 역시 놀란 눈으로 집을 두리번거리고 있었지만, 레드 캐슬에 익숙해져 있던 건과 병준은 그리 놀라지 않고 일리셰르 우스마노프의 뒤를 따라 정원을 걸었다.

일리셰르 우스마노프가 건과 속도를 맞춰 걸으며 자연스럽게 그의 옆으로 다가와 말했다.

"그레고리의 집에 머물고 있다지요?"

건이 고개를 끄덕였지만, 의문스러운 눈빛을 하며 물었다.

"네, 맞습니다만…… 그레고리와 아는 사이세요?"

일리셰르 우스마노프는 뚱뚱했지만, 심각한 수준의 비만은 아니었다. 그저 후덕한 수준의 뚱뚱함을 가진 그가 바지춤을 추켜올리며 웃었다.

"하하, 한 40년쯤 되었을 겁니다. 그 친구와 알고 지낸 시간 말입니다."

"아…… 어린 시절부터 친구셨군요?"

"후후, 처음부터 친구는 아니었지만, 지금은 그리 지내고 있지요. 자, 들어가시죠."췄어느새 저택의 문 앞에 도착한 일행이 하녀들과 집사의 안내를 받아 응접실로 향했다.

응접실로 향하는 복도에 걸린 그림을 보고 집주인의 취향을 생각하던 병준이 건에게 다가와 속삭였다.

"바…… 반 고흐의 그림이 있어, 진품인 것 같다."

건이 고개를 돌려 그림을 본 후 그림에서 나타나는 빛을 확인하고는 고개를 끄덕였다.

"진품 맞네요."

병준이 눈을 크게 뜨고 다른 그림들도 살펴보았다.

"반 고흐의 진품이면 도대체 저 그림이 얼마야? 억만장자라더니 이런 걸 응접실 가는 복도에 그냥 걸어둘 정도로 부자였던 거야?"

건이 병준이 돌아보는 그림들을 구경하다가 발걸음을 멈췄다. 건의 눈에 회색과 흰색을 쓴 특이한 황소 그림이 들어왔다.

잠시 눈을 찡그리며 팔짱을 낀 건이 그림을 물끄러미 보고 있자 일행 역시 걸음을 멈췄다.

병준이 옆에 서며 그림을 살펴본 후 말했다.

"되게 특이한 그림이네, 손으로 그렸다는 지도화 같기도 하고 말이야. 이건 또 어떤 유명 화가 그림일까? 엄청 비싸겠지?"

앞서 걷던 일리셰르 우스마노프가 멈춰선 일행을 보고 되돌아와 웃음을 지으며 건의 옆에 섰다.

"케이는 한국인이라고 했지요? 이 그림은 한국인의 것입니다."

병준이 놀란 얼굴로 그를 돌아보자 일리셰르 우스마노프가 미소를 지으며 말했다.

"이중섭이란 화가의 '황소'라는 그림이죠. 정식 루트로 구매할 수 없는 물건이라 아주 어렵게 구했습니다, 하하."

한국인의 이름이 나오자 병준이 놀란 표정으로 그림을 살펴보다가 건을 돌아보았다.

얼굴을 찡그린 채 팔짱을 끼고 그림을 살펴보던 건이 입술을 달싹이자, 병준이 물었다.

"건아, 왜 그래?"

건이 심각한 얼굴로 일리셰르 우스마노프를 돌아보았다. 그는 건이 갑자기 심각한 얼굴을 하자 무슨 일이냐는 듯 건을 보고 있었다.

"진품이 아닙니다, 일리셰르 우스마노프 씨."

"예?"

살짝 놀란 듯한 표정을 짓는 일리셰르 우스마노프를 본 병준이 황급히 건의 앞을 막아서며 말했다.

"아하하, 이 녀석이 네가 뭘 안다고 그래? 하하, 죄, 죄송합니다. 실례했습니다."

병준이 식은땀을 흘리며 엉덩이로 건을 밀어냈지만, 건이 옆으로 비켜서며 말했다.

"확인해 보세요, 비싸게 구매하셨다면 판매자 쪽에서 장난을 친 걸 겁니다."

일리셰르 우스마노프의 표정이 굳어졌다. 이중섭의 그림으로 시선을 돌린 그가 손가락을 튕기자 노집사가 급히 다가왔다.

굳은 표정의 그가 집사와 눈도 마주치지 않고 고개만 살짝 돌리며 말했다.

"알아봐."

노집사가 고개를 숙인 후 급히 다른 곳으로 뛰어가는 것을 본 병준이 어색해진 공기를 참지 못하고 손뼉을 치며 건을 잡아끌었다.

"하하, 자, 잠시 실례를 했습니다. 신경 쓰지 마시고 어서 가시죠."

병준의 손에 이끌려 응접실로 향하는 건을 본 케빈과 시즈카 역시 우두커니 서 있는 일리셰르 우스마노프의 눈치를 보며 응접실로 빠르게 걸었다.

혼자 복도에 남은 일리셰르 우스마노프가 이중섭의 그림을 무서운 눈으로 노려보다가 다시 표정을 바꾸고 응접실로 걸어갔다.

주인의 안내가 없었기에 소파에 앉지 못하고 소파 주위를 서성이는 일행을 본 일리셰르 우스마노프가 언제 그랬냐는 듯 웃음을 지으며 양팔을 펼쳤다.

"왜들 서 계십니까? 앉으세요, 여기! 다과 좀 내오게."

일행들이 자리에 앉자 일리셰르 우스마노프의 지시 이전에 미리 준비가 되어 있었는지 바로 홍차와 쿠키들이 나오기 시작했다.

자리에 앉은 건이 김이 모락모락 나는 홍차를 한 모금 마신 후 눈을 휘둥그렇게 뜨자 일리셰르 우스마노프가 그를 보며 미소를 지었다.

"익숙한 맛이죠? 그레고리에게 받은 홍차니 레드 케슬에서 맛보신 적이 있을 겁니다."

"아! 그렇군요, 홍차 맛은 잘 모르지만, 가끔 그레고리의 방에서 얻어먹은 기억이 있어요."

"후후, 그 친구도 참. 손님 대접이 소홀하군요, 매일 제공해 줄 일이지…… 쯧."

두 사람의 대화를 듣고 있던 케빈이 옆자리에 앉아 허리를 곧추세우고 긴장감을 놓지 않고 있는 시즈카에게 고개를 내밀고 속삭였다.

"도대체 그레고리가 누구야? 레드 케슬은 또 뭐고?"

시즈카 역시 건이 어디에 사는지, 그레고리가 누군지 모르고 있었기에 살짝 고개를 저으며 눈빛으로 아는 것이 없다는 제스쳐를 취했다.

일리셰르 우스마노프는 그런 두 사람을 눈치챘지만, 대략적인 상황을 전해 들었기에 모른척하며 다시 이야기를 이어나갔다.

"숙소는 3층을 사용하시면 됩니다. 미리 준비해 뒀으니 잠시 후에 안내받으시면 되고요."

병준이 엉덩이를 소파 끝에 걸치며 말했다.

"아, 이거 감사합니다. 호텔에 묵어도 되는데, 이리 대접해 주시니 정말 감사하네요."

"하하, 제가 초대한 손님들이니 당연하지요."

건이 손에 들고 있던 잔을 테이블 위에 올려둔 후 물었다.

"미리 전달 드린 조건에 대해서는 협의되었나요?"

일리셰르 우스마노프가 당연하다는 듯 고개를 끄덕였다.

"물론입니다. Fury의 사용 시점은 프론트의 자유, 하지만 새로 전달한 곡…… 에…… 제목이 뭐였죠?"

"We always cheer for you입니다."

"아, 그래요. 미안합니다. 그 곡은 팀이 지고 있을 때 재생해 달라고 하셨지요, 또 하프 타임 때 선수 대기실에서도 들리게 해달라고 하셨습니다. 여기까지는 프론트와 협의가 되었는데…… 마지막에 전달된 조건이 조금 애매하네요. 응원가를 함께 부르는 응원단의 소리가 선수 대기실로 전달되어야 한다는 것은 어떤 의미인지 설명해 주시겠어요?"

건이 무릎에 팔꿈치를 올리고 양손을 모았다.

"응원이라는 것은 단지 음악이나 소리로 이루어지는 것이 아닙니다. 응원하고, 응원가를 부르는 관중의 진심. 그것이 대기실에 있는 선수들에게 전달되길 바라는 것입니다. 즉, 응원가를 함께 따라 부르는 관중들의 함성과 진심이 대기실의 선수들에게 전달되었으면 하는 것이죠."

일리셰르 우스마노프가 수긍하는 표정을 지으며 말했다.

"충분히 이해되었습니다, 프론트에 전달하여 그리되도록 지시하죠. 자, 그럼 여러분 장시간 비행으로 피곤하실 텐데 저녁 식사 전까지 각자 방에서 쉬시지요."

일리세르 우스마노프가 다시 손가락을 튕기자 하녀들이 우르르 달려 나와 케빈, 병준, 시즈카를 한 명씩 맡아 3층의 방으로 안내했다. 응접실에 일리세르 우스마노프와 건 두 사람만 남자 그가 자리에서 일어나며 말했다.

"케이는 잠시 저와 이야기를 더 나누죠, 산책 좋아하십니까?"

"아, 예. 좋아해요."

"집 주변 정원길이 좋습니다. 잠시 가시죠."

두 사람이 저택을 나와 끝없이 펼쳐진 정원을 거닐었다.

조금 춥긴 했지만, 시골의 좋은 공기를 마시며 기분 좋은 미소를 짓는 건을 본 일리세르 우스마노프가 입을 열었다.

"아스날은 100년 가까이 되는 시절 동안 리그 최상위를 지키고 있는 팀입니다. 하지만 그것이 한계죠, 최근 몇 년간 우리 팀은 4위를 넘어본 적이 없습니다. 첼시, 맨체스터 유나이티드, 그리고 오일 머니의 투자로 신흥 강자가 된 멘시티 때문이죠. 물론 토트넘 홋스퍼 같은 전통적 라이벌이 있습니다만, 순위 경쟁에서는 앞서 말한 세 팀에 밀려 항상 4위이거나, 혹은 그 아래의 순위를 유지 중입니다."

건이 조용히 그가 하는 말을 경청하고 있자, 일리세르 우스마노프가 다시 입을 열었다.

“서포터즈에게 매년 미안한 마음이죠, 시즌 내내 그리 열정적인 응원을 보내주고 있는데 말입니다.”

일리셰르 우스마노프가 자그마한 정원수의 앙상한 가지를 만져보며 말했다.

“이번 일은 구단 측의 반발이 있었습니다. 스포츠 경기에 음악으로 무슨 일을 할 수 있냐는 것이었지요. 감독인 아르센 뱅거 역시 저를 비난하고 나섰고요. 하지만 제 생각은 다릅니다. 스포츠에서 가장 중요한 것은 피지컬이나 테크닉, 전술 등도 있지만 그 못지않게 멘탈도 중요하다고 생각하거든요.”

건이 동조하며 고개를 끄덕였다.

“강력한 의지는 피지컬과 한계를 뛰어넘을 수 있지요.”

“바로 그겁니다! 아스날은 챔피언스 리그 16강에서 FC 바로셀로나라는 강적을 만났습니다, 전문가들은 8:2로 그들의 승리를 점쳤고, 도박사들은 우리가 3:0으로 패배할 것이라는 예측을 했죠. 지금 우리는 기적이 필요합니다. 저는 그것을 당신의 음악에 걸어보려 합니다.”

건이 살짝 고개를 끄덕인 후 일리셰르 우스마노프를 물끄러미 보았다.

“그런데 왜 저를 선택하셨죠?”

일리셰르 우스마노프가 짙은 미소를 지으며 건의 어깨를

툭툭 쳤다.

"키스카, 그 아이의 변화를 지켜보았기 때문입니다."

그의 입에서 키스카의 이름이 나오자 건이 눈을 동그랗게 떴다.

"키스카요?"

"후후, 예. 그레고리에게 들었습니다. 키스카가 말을 했다고요. 그 친구의 평생 고민거리를 해결해 주신 분이니 제 고민도 해결해 주시리라 믿습니다."

"예?"

"하하, 농담입니다. 실은 어제도 그레고리와 통화를 했지요. 키스카가 매일 아침, 저녁으로 아빠에게 뽀뽀를 해준다고 하더군요. 당신이 시킨 일이라는 것은 알지만 시킨다고 고분고분 말을 들을 키스카가 아니라는 것도 압니다. 이상하게 생각하던 도중 당신이 만든 Fury의 리버풀 사운드 시티 버전을 우연히 들었죠."

일리셰르 우스마노프가 진중한 눈으로 건을 바라보았다.

"그 음악을 들은 후 나는 뭔가 시원함을 느꼈습니다, 내 안에 있던 분노가 건강한 표출을 하는 것을 느꼈지요, 그때 나는 알았습니다. 당신이란 사람이 만드는 음악에 미증유의 힘이 있다는 사실을요."

늦은 밤.

건과 정원을 거닐며 한참 대화를 나누던 일리셰르 우스마노프가 자신의 서재에 앉아 집무를 보고 있었다.

똑똑.

"들어와."

문을 열고 들어오는 노집사를 보더니 쓰고 있던 돋보기를 벗으며 물었다.

"확인되었나?"

노집사가 무척 조심스러운 어조로 말했다.

"대영 박물관에서 그림을 가져가 조사해 본 결과 연대 측정 미확인으로 나온다고 합니다."

"연대 측정 미확인?"

노집사가 양손을 맞잡고 살짝 허리를 숙인 후 식은땀을 흘렸다.

"전문가의 말로 동양에서 그림을 그리는 백지는 무척 약하다고 합니다. 그래서 똑같은 종이 두 장을 덧대어 그림을 그리는데, 앞에 그림이 그려진 것을 '진접' 이라고 부르고, 뒤에 덧대어진 종이를 '배접'이라고 부른답니다."

일리셰르 우스마노프가 서재의 의자에 몸을 깊숙하게 묻으며 계속 설명해 보라는 듯 손짓하자 노집사가 더욱 몸을 숙이며 말했다.

"시간이 흐르면 뒤에 덧대어진 배접에 진접의 물감이 스며드는데, 이때 그 배접을 떼어 작업한 가품이라는 것이 전문가의 의견입니다."

일리셰르 우스마노프의 표정이 점점 굳어졌다. 노집사는 그의 표정 변화를 살피며 연신 식은땀을 닦았다.

"내 집에 가짜 그림이 걸려 있었고, 그걸 손님에게 들켰다?"

"죄, 죄송합니다!"

일리셰르 우스마노프가 손가락으로 테이블을 톡톡 두들겼다. 조용한 방에 그의 손가락 소리만이 울리자 긴장한 노집사가 고개를 숙인 채 몸을 떨었다. 어찌나 긴장했는지 고개를 숙인 그의 머리 아래 바닥에 땀이 뚝뚝 떨어지고 있었다.

한참 침묵하던 일리셰르 우스마노프가 물었다.

"그림을 들여온 경로는?"

"부…… 북한입니다."

"음, 그랬었지. 다이렉트로 거래한 것인가?"

"아, 아닙니다. 중국의 판매상을 통해 거래했습니다."

"중국이라면, 씽치우인가?"

"네, 맞습니다."

일리셰르 우스마노프가 자리에서 일어나 서재 옆에 전시된 위스키를 꺼내 잔에 부었다. 반이 넘게 부은 위스키를 가만히 바라보던 그가 위스키를 한 번에 입에 털어 넣은 후, 잔이 부서질 듯 꽉 잡으며 노집사를 노려보았다.

"흑사회의 웨이란에게 연락해. 내일 오전까지 씽치우의 이름을 세상에서 지워 버리라고."

고개를 숙인 노집사가 답을 하지 못하고 우물쭈물하자 일리셰르 우스마노프가 다시 말했다.

"못 들었나?"

"아, 아닙니다! 그리 전하겠습니다!"

"나가."

"네, 네!"

황급히 밖으로 뛰어나가는 노집사를 보던 일리셰르 우스마노프가 다시 위스키를 잔에 부었다.

건을 대할 때와는 다르게 무서운 눈을 한 그가 위스키 잔을 들고 다시 서재의 책상에 앉았다. 잔을 입에 가져가던 그가 움직임을 멈추고 천장을 바라보았다.

"음…… 케이, 이래서 그레고리가 그리 칭찬을 했구먼."

♪♪♩

혼자 서재에 남은 그가 위스키를 들이켜고 있을 무렵 3층의 방으로 안내받은 건은 그레고리에게 전화를 걸고 있었다.

전화기를 멀리 두었는지 한참 동안 수화음이 울린 후에야 전화를 받은 것은 그레고리가 아닌 키스카였다.

-케이?

"어? 키스카?"

-응.

"아…… 그레고리는 외출했어?"

-아니, 화장실.

"아, 그랬구나. 밥 먹었어?"

-왜 자꾸 밥 먹었냐고 물어봐? 내가 밥 먹은 게 궁금해?

"아…… 하하, 그렇다기보다는 한국인 특성이라고 할까? 우리나라는 오랜 전쟁으로 피폐한 나날을 보낸 기억이 있어서 사람을 보면 밥은 먹었냐고 습관적으로 묻곤 하거든."

-응, 먹었어. 케이는?

"어, 나도 먹었지."

-어디야?"

"여기 영국이야, 프레스트버리라고 런던에서 북쪽으로 조금 올라오면 있는 마을이래."

-일리셰르 아저씨 집?

"어? 키스카도 알아?"

-응, 아빠 친구야.

"아, 그랬구나."

-아빠 왔다. 바꿔줄게.

"응 고마워."

-한 시간 뒤에 나한테도 전화해.

"하하, 알았어."

수화기 너머로 키스카와 그레고리의 대화 소리가 들려왔다.

차갑기만 했던 키스카는 아침저녁 아빠와의 뽀뽀로 조금 가까워졌는지 수화기 너머로 들리는 말투가 일반적인 딸과 아빠의 대화라고 생각될 만큼 발전된 것을 느낀 건이 미소를 지었다.

잠시 부스럭거리는 소리가 들린 후 그레고리의 밝은 목소리가 흘러나왔다.

-여보세요, 케이인가?

"그레고리, 오랜만이에요."

-하하, 그래. 난 자네가 날 잊어버린 줄 알았지.

"하하, 잊다니요, 조지아에서 생활은 어떠세요? 어머님은 건강하시고요?"

-음, 아흔이 넘으셨는데 건강하실 리가 없지. 아마도 오래 못 가실 거야.

안타까운 마음이 들었지만, 그레고리의 어머니가 돌아가시면 키스카가 돌아올 거라는 생각을 한 건이 자신의 머릿속에 떠오른 이율배반적 생각을 애써 지우며 말했다.

"아, 그랬군요."

-음, 곧 병원으로 모실 생각이야. 그건 그렇고 자넨 잘 지내나? 리버풀에서의 이야기는 들었어. 또 대단한 음악을 만들어 냈더군.

"하하, 그냥 열심히 하는 거죠. 지금 영국이에요."

-영국? 또 공연하러 갔나?

"아니요, 일리셰르 우스마노프 씨 댁이에요."

-……뭐라고?

"일리셰르 우스마노프 씨요, 그레고리의 친구라고 하던데요."

수화기 너머로 잠시 침묵이 흘렀다. 갑자기 말이 없는 그레고리의 반응에 건이 고개를 갸웃했다.

"왜 그래요, 그레고리?"

-……그 친구가 왜 널 불렀지?

"아스날 FC의 대주주잖아요, 이번에 그 팀의 응원가를 만들기로 했거든요."

-음…….

"무슨 일 있어요, 그레고리?"

-잘 들어, 케이. 그 녀석은 내 친구가 맞아. 그런데 그 녀석

이 무슨 의도를 가졌는지는 모르겠군. 가급적 너무 친하게 지내지는 마.

"왜요? 좋은 분 같던데."

-그 녀석, 지금은 사업과 투자를 본업으로 삼고 있지만, 빛 아래에 사는 인간이 아니야.

"빛 아래에 사는 인간이 아니라는 게 무슨 의미예요?"

-40년간 알고 지낸 친구야, 그게 무슨 의미인지 모르겠나?

"……무슨 의미인데요?"

-그 녀석도 나와 같은 일을 하던 녀석이란 뜻이지.

"예? 마, 마피아요?"

-그래, 그것도 우즈베키스탄 마피아의 정점에 서 있는 녀석이지, 다른 놈들은 모르지만 말이야.

"아……."

-내가 있으니 케이 네게 해코지를 하지는 않겠지만, 웃음 뒤에 불같은 성격을 숨기고 있는 녀석이니 조심하는 게 좋을 거야. 그나저나 이 자식은 왜 나한테 케이 널 부른 걸 말하지 않은 거야? 내가 전화를 해봐야겠군.

"아…… 네."

-영국에서 일이 끝나면 바로 미국으로 가, 괜히 친해졌다가 좋은 꼴 못 볼 테니 말이야. 천연가스 사업에 손을 대고 있는 나와는 달라, 그 녀석은 중국 흑사회부터 일본 야쿠자까지 움

직일 수 있는 놈이니까 말이야.

"아…… 알았어요, 그레고리."

-그래, 무슨 일 있으면 바로 미로슬라브에게 연락하도록 해.

"네, 고마워요."

그 시각, 미국 CIA 국장실.

쾅!

"젠장할! 레드 마피아도 모자라 이번엔 우즈베키스탄 마피아야!"

요원이 보고를 위해 가져온 서류철을 테이블에 팽개친 미첼 국장이 소리를 고래고래 질렀다.

"도대체 이따위 뮤지션 하나에 우리 측 요원 몇 명이 붙어 있는 거야! 당장 매트 베슬러 비서관에게 전화 연결해!"

보안 전화로 수석 비서관에게 전화를 연결한 비서가 눈짓하자 미첼 국장이 신경질적으로 전화를 받았다.

"여보세요, 비서관님!"

흥분한 기색의 미첼과 달리 차분한 어조의 매트 베슬러가 침착하게 전화를 받았다.

-네, 국장님. 무슨 일입니까?

"케이가 영국으로 갔습니다."

-네, 그런 수준의 보고는 안 하셔도 됩니다.

"그게 아니라! 영국에서 일리셰르 우스마노프를 만났단 말입니다!"

-일리셰르 우스마노프? 아스날 FC의 대주주 말입니까?

"대외적 이미지일 뿐이라는 것 알고 계시지 않습니까?"

-네, 우즈베키스탄 마피아 보스이기도 하지요.

"어쩌실 겁니까? 영국에 파견되어 있는 저희 요원 중 50%가 케이에게 붙어 있습니다. 이렇게 해서 영국 쪽 정보는 언제 취합한단 말입니까? 이거 계속해야 합니까?"

수화기 너머로 잠시 침묵이 흘렀다.

가만히 매트의 결정을 기다리던 미첼이 답답한 듯 말했다.

"도대체 대통령님께서는 케이가 뭐 대단한 사람이라고 이리 유난을 떠시는 겁니까?"

-케이 혼자입니까?

"케빈 도련님과 시즈카, 미스터 리도 함께라고 합니다."

-뭐요? 케빈 도련님이 거기에 갔다고요?

"네, 일리셰르 우스마노프의 저택에 묵고 있습니다."

-제길, 그것부터 말했어야지! 당장 일급 경계로 올려요!

뚝.

자기 할 말만 하고 전화를 끊어버린 매트에게 욕을 한 바가지 퍼부으며 수화기를 몇 번이나 테이블에 내려친 미첼이 망가져 버린 전화기를 던지며 외쳤다.

"젠장! 새 전화기 가져와! 그리고 영국 쪽에 연락해서 우리 애들 더 붙이라고 해!"

비서가 황급히 문을 열고 나가자 미첼이 머리를 쥐어뜯었다.

"제길, 안 그래도 바빠 죽겠는데 미치겠구먼."

벌컥-

갑자기 열린 문 쪽으로 고개를 돌린 미첼이 신경질적으로 외쳤다.

"또 뭐야!"

"구, 국장님!"

금발을 올백으로 넘긴 요원이 넘어질 듯 뛰어들어오자 미첼이 상황 발생을 눈치채고 다시 물었다.

"뭐야, 무슨 일이야?"

"구, 국장님! 중국 흑사회가 씽치우를 쳤습니다!"

미첼이 자리에서 벌떡 일어났다.

"뭐! 씽치우면 우리 측 협력자 아니야?"

"예, 중국 정보를 주던 브로커였습니다. 미술품 밀수출업자이기도 하고요."

"왜, 뭐 때문에? 씽치우는 어떻게 되었나?"

"그, 그것이……."

"빨리 말해!"

"주…… 죽었습니다. 씽치우 밑에 있던 놈들 오십 명가량이 모두 기관총을 맞아 사망했고, 그의 창고와 저택이 불에 탔습니다."

"뭐야? 무슨 일이 있었는지 다 알아내서 보고해! 흑사회가 씽치우를 칠 만한 이유가 있었나?"

"그, 그게! 아, 아직 파악되지 않고 있습니다."

"무능한 놈들! 빨리 나가서 알아보고 다시 보고해!"

"네, 네!"

CIA가 밤을 새우며 조사를 해나가던 밤이 지나고 새벽이 밝았다.

새벽부터 일어나 흑사회가 씽치우를 제거했다는 보고를 받은 일리셰르 우스마노프가 만족스러운 얼굴로 하녀가 가져온 커피를 마시며 창가를 바라보다가 눈썹을 꿈틀거렸다.

"저놈은 뭐야?"

그의 눈에 자신의 말 사육장에서 눈부시게 하얀 백마 위에 앉아 말의 갈기를 쓰다듬고 있는 금발의 미소년이 눈에 들어오자 커피잔을 테이블에 올려놓은 일리셰르 우스마노프가 급히 사육장으로 향했다.

손에 잡히는 삽자루를 들고 사육장으로 뛰어온 일리셰르 우스마노프가 삽으로 미소년을 가리키며 외쳤다.

"넌 누구야! 여긴 어떻게 들어왔지?"

백마의 갈기를 조심스럽게 쓰다듬던 금발 미소년이 고개를 돌렸다. 빨려 들어갈 것 같은 푸른 눈동자를 본 일리셰르 우스마노프가 들고 있던 삽자루를 떨어뜨리고 몽롱한 표정을 짓자 말에서 내린 미소년이 그에게 다가와 피식 웃었다.

"일리셰르 우스마노프?"

일리셰르 우스마노프가 자기도 모르게 고개를 끄덕이자 금발 미소년이 짙은 미소를 지었다.

"파이몬이라고 한다. 대화를 좀 할까?"

빨려 들어갈 것 같은 푸른 눈을 멍하니 보고 있던 일리셰르 우스마노프가 어느 순간 땀을 뻘뻘 흘리기 시작했다.

땀을 흘리고 있는 몸과는 다르게 추운 듯 몸을 바들바들 떨던 일리셰르 우스마노프가 비명을 지르며 바닥에 드러누워 몸을 뒤틀었다.

"끄아아악!"

바닥을 구르는 일리셰르 우스마노프를 보던 파이몬이 살짝 웃음을 지으며 말했다.

"지금 보는 것이 너의 미래다."

일리셰르 우스마노프가 적색 모래로 가득한 황량한 사막의 모랫바닥을 허우적거렸다. 손에 잡히는 것은 온통 모래뿐인 세상에서 모래바람이 불어오자 숨을 몰아쉬느라 벌린 그의 입에 모래 한 무더기가 들어갔다.

"케엑! 콜록, 콜록! 퉤, 퉤!"

발을 놀려 모래 위에서 버둥거리던 일리셰르 우스마노프가 겨우 중심을 잡고 일어나자, 거대한 모래 언덕이 눈앞에서 가라앉으며 점점 파여갔다.

마치 폭포 아래로 떨어지는 물줄기처럼 끝없이 어비스로 떨어져 내린 모래들 사이에서 화염과 용암이 끓어오르는 큰 구덩이가 솟아올랐다.

그 안에 수많은 사람이 벌거벗은 채 살을 태우는 용암에서 끝없는 비명을 질러댔다.

"끄아아악! 살려줘!"

"내 몸! 내 머리카락!"

"이 새끼들아! 차라리 죽여라!"

끊임없이 비명을 지르는 자들은 활활 타오르는 용암이 몸에 닿았음에도 죽지 않았는지 살이 타들어 가는 와중에도 또렷한 정신을 유지하고 있어, 그 고통의 정도를 계속 심해지고 있었다.

식은땀을 흘리며 사람들을 보던 일리셰르 우스마노프의 눈에 뚱뚱한 몸에 실오라기 하나 걸치지 못한 자신의 모습이 들어왔다.

비명을 질러대고 있는 사람들과 달리 포기한 눈빛으로 용암에 떠오른 작은 바위를 잡고 숨을 몰아쉬는 자신에게 붉은 그림자가 채찍질을 해댔다.

짜악! 짜악!

"크흑! 크흐흑!"

고통 받고 있는 자신의 모습을 본 일리셰르 우스마노프가 비명을 질렀다.

"아니야! 이건 꿈이야! 이럴 리 없어!"

머리를 쥐어뜯으며 비틀거리던 그가 바닥을 모자 붉은 모래사막에서 그보다 더 붉은 개미 한 마리가 모래를 뚫고 올라오는 것이 보였다.

개미라고 생각할 수 없을 만큼 큰 그것은 사람의 엄지손가락만 했다. 머리를 쥐어뜯은 자세 그대로 개미를 보고 있던 일리셰르 우스마노프가 입을 크게 벌렸다.

붉은 모래사막을 뚫고 올라오는 수 없이 많은 개미 떼가 더

듬이를 움직이며 그의 몸을 타고 올라왔다.

"끄악! 아아아악!"

팔을 휘저으며 몸을 휘청대던 일리셰르 우스마노프가 바닥에 넘어지자 엄청난 수의 개미가 그의 몸을 타고 올라왔다.

비명을 질러대던 일리셰르 우스마노프의 눈앞에 다른 개미보다 더 큰 개미 한 마리가 올라와 그의 얼굴을 보았다. 공포에 질려 내지르던 비명마저 멈춘 일리셰르 우스마노프가 눈가에 경련을 일으키며 개미의 눈을 마주 보았다.

자신의 주먹 크기와 비슷한 개미의 검은 눈 속에 금발의 미소년의 사악한 웃음이 보였다.

"어때? 있을 만한가?"

소년의 목소리와 함께 개미도, 모래사막도, 비명을 질러대던 사람들도 모두 사라졌다.

시골의 고즈넉한 풍경 속에 시원한 바람이 부는 정원에 누워 정신을 차린 일리셰르 우스마노프가 급히 자신의 몸을 더듬었다.

한참 몸에 이상이 없는지 확인하던 일리셰르 우스마노프가 고개를 들어 여전히 같은 자세로 서 있는 파이몬을 보았다.

자기도 모르게 항거할 수 없는 존재에 대한 경외심을 느낀 그가 무릎을 꿇었다.

"어, 어떻게 해야 피할 수 있습니까?"

파이몬이 자신의 옆에 다가와 머리를 내밀고 쓰다듬어 달라 재촉하는 백마의 갈기를 쓸어주며 웃었다.

"못 피해. 네가 한 일에 대한 대가니까."

일리세르 우스마노프가 눈물을 글썽이며 파이몬의 다리를 붙잡았다.

"어떻게! 어떻게 하면 됩니까! 알려주십시오!"

슬쩍 다리를 차 그를 떼놓은 파이몬이 더러운 것이 묻었다는 표정으로 자신의 바지를 내려다보았다.

"너, 인간의 역사에 나오는 왕이나 부자들이 죽을 때 왜 무덤에 금붙이나 돈을 넣는지 알아? 그거 다 뇌물이야, 그 녀석들은 자신들이 지옥에 갈 거란 것을 누구보다 잘 알았거든, 어차피 지옥에 가는 거 그나마 조금이라도 덜 뜨거운 지옥 불에 넣어달라는 뇌물이지."

일리세르 우스마노프가 다시 무릎으로 기어 오며 말했다.

"어, 어떤 뇌물을 준비해야 합니까! 알려 주십시오!"

파이몬이 피식 웃으며 말했다.

"포기가 빠른 인간이군, 또 처세의 전환도 빠르고 판단도 빨라. 인간 세계에서 성공할 만한 자질이 있군."

일리셰르 우스마노프는 파이몬의 몸에서 뿜어내는 제왕의 향기에 감히 머리를 들지 못하고 바닥에 조아렸다.

그 모습을 본 파이몬이 검지 하나를 들어 올렸다.

"계약을 하지."

일리셰르 우스마노프가 고개를 번쩍 들었다.

그의 눈에 약간의 희망이 생기는 것을 본 파이몬이 손가락을 까딱거렸다.

"지옥에 가는 건 내가 어찌할 수 없어. 하지만 지옥에서 쓸 수 있는 뇌물을 알려주지. 인간 세상에서 구할 수 있는 것으로 말이야. 대신 넌 나와 한가지 약속을 해줘야겠어."

일리셰르 우스마노프가 고개를 조아리며 외쳤다.

"무, 무슨 일이든 하겠습니다! 알려만 주십시오!"

파이몬이 고개를 들어 3층의 창문을 보았다. 정확히 건이 자고 있는 방의 창 쪽으로 고개를 돌린 파이몬이 무서운 표정을 지었다.

그의 말을 잘 듣기 위해 고개를 들고 있던 일리셰르 우스마노프가 그의 표정이 변하는 것을 보고 화들짝 놀라 다시 고개를 숙이자, 파이몬이 고개를 돌리며 입을 열었다.

"네가 데려온 아이들, 그 아이들이 손끝만큼이라도 다치면 이 계약은 파기된다. 그뿐만 아니라 내 모든 힘을 써서 널 가장 괴로운 지옥에 처박아주지."

일리셰르 우스마노프가 연신 고개를 조아리며 말했다.

"알겠습니다, 알겠습니다!"

파이몬이 손가락을 들어 3층 가리켰다.

"또 하나, 저 안에 너 따위는 감히 올려다볼 수도 없을 만큼 위대한 분이 아끼는 아이가 있다. 극상의 예를 갖추어 대하라."

일리셰르 우스마노프가 고개를 돌려 3층을 힐끔 보았다.

"저, 정확히 어느 분이……."

파이몬이 실소를 지으며 바지 주머니에 손을 넣었다.

"너 같이 미천한 놈에게 알려줄 정보는 다 준 것 같군. 인간과 마주치면 기억을 지워야 하지만 네놈은 너무 썩어 문드러진 정신을 가지고 있으니 기억은 살려두지. 기억해라, 계약을 어기는 순간 네가 봤던 환상은 현실이 될 것이다. 그것도 즉시."

일리셰르 우스마노프가 다시 고개를 조아리다가 자신의 시야에 보이는 파이몬의 발이 희미해져 가는 것을 보고 급히 물었다.

"다, 답을 주고 가십시오! 그 뇌물이 무엇입니까?"

희미하게 변해가는 파이몬이 몸을 돌렸다.

"고대로부터 인간이 귀하게 여기는 노란 돌덩어리, 그것이 무엇 때문에 귀하게 되었을지 생각해 보아라. 어떤 이유로 한낱 돌덩이에 불과한 것이 귀하게 거래되는지 생각해 보면 답이 나올 것이다."

파이몬의 몸이 완전히 사라지자 동이 터오며 말 사육장 앞에 햇볕이 내리쬐었다.

혼이 나간 표정으로 파이몬이 사라진 곳을 보던 일리셰르 우스마노프가 어느 순간 벌떡 일어나며 외쳤다.

♪♫♩

"집사! 집사!"

아침부터 자신을 찾는 일리셰르 우스마노프의 외침에 옷을 반쯤 걸친 노집사가 1층 창문을 열었다.

그의 눈에 일리셰르 우스마노프의 낭패한 모습이 들어오자 크게 놀란 노집사가 뛰어나오며 외쳤다.

"아, 아니. 이게 무슨 일입니까?"

온통 땀으로 목욕한 일리셰르 우스마노프가 손을 휘휘 저으며 다급히 말했다.

"금, 금! 금을 사야겠다, 당장 금을 살 수 있는 루트를 확인해!"

노집사가 허리를 굽실거리며 물었다.

"어느 정도 구입하시겠습니까?"

일리셰르 우스마노프가 주먹을 꽉 쥐며 말했다.

"전 재산 모두를 바꾼다. 주식으로 가진 것도 나중에 처분

할 것이지만 일단 현금으로 운용 가능한 것은 모조리 금을 사도록 해!"

놀란 표정을 지었던 노집사가 다시 허리를 굽히며 저택으로 들어가려 하자 일리셰르 우스마노프가 그를 멈춰 세웠다.

"아, 집사!"

달려가던 집사가 고개를 돌리자 일리셰르 우스마노프가 말했다.

"합법적인 루트로 구매하도록."

"예? 그리하면 비싼 가격에 구매해야 합니다, 세금도 내야 하고요."

"그래, 세금 다 내. 가격도 일반인들이 구매하는 가격 그대로 사고."

"예? 아…… 예, 알겠습니다."

"그리고, 3층에 온 손님들은 국빈의 예우로 대하도록."

"예? 구, 국빈 예우 말씀이십니까? 그, 그냥 뮤지션들이 아닌지……."

"잔말 말고 시키는 대로 하기나 해!"

"예, 예! 아, 알겠습니다!"

서슬 퍼렇게 외치는 일리셰르 우스마노프의 말에 화들짝 놀란 노집사가 저택으로 들어가 하인들에게 부산한 지시를 내렸다.

혼자 뛰어노는 백마를 우두커니 지켜보던 일리셰르 우스마노프가 이마에 흐른 땀을 닦은 후 3층을 보았다.

'저 중 누구인지 모르니, 모두에게 예를 다해야 한다! 그래야 내가 조금이라도 덜 뜨거운 불에 들어갈 수 있어!'

♪♪♩

두 시간 후.

회사에 오늘 있을 축구 경기에서의 퍼포먼스에 대해 보고하기 위해 평소보다 조금 일찍 일어난 병준이 까치집을 한 머리를 긁으며 방문을 나섰다.

"아함, 집이 크니 화장실 찾기도 일이군."

나직하게 중얼거리며 아직 잠이 덜 깬 듯 비틀거리며 걸음을 옮기려던 병준이 바로 옆에 서 있는 사람들을 보고 놀라 소리를 질렀다.

"어메! 까, 깜짝이야!"

병준의 눈에 하녀 셋이 자신의 방문 옆에 다소곳이 서 있는 것이 보였다.

자신들을 보고 놀란 병준이 웃기지도 않는지 고개를 숙인 하녀 중 한 명이 침착한 어조로 말했다.

"화장실을 찾으십니까?"

병준이 세 사람을 번갈아 본 후 고개를 끄덕이자 하녀가 앞으로 나서며 말했다.

"이쪽입니다."

"아, 예…… 가, 감사합니다."

하녀를 따라나선 병준이 아직 자신의 방문 앞에서 대기하고 있는 다른 두 명의 하녀를 돌아보았다.

'아니, 지금 몇 시인데 일하시는 분들이 방 앞에 대기를 하고 있어? 얼씨구? 케빈이랑 시즈카의 방 앞에도 있네?'

병준의 눈에 케빈, 시즈카, 건의 방문 앞에 각기 세 명씩 대기하고 있는 하녀들이 들어왔다.

그녀들은 모두 병준과 눈이 마주칠 때마다 서양인답지 않게 고개를 숙이며 목례를 했다.

민망해진 병준이 마주 목례를 하며 화장실에 도착하자 문을 열어준 하녀가 말했다.

"밖에서 기다리겠습니다. 필요한 것이 있으면 불러주세요."

"바, 밖에서요? 소…… 소리가……."

"불편하시면 조금 떨어져 있겠습니다."

"아…… 예. 부탁합니다."

화장실 문을 닫고 나가는 하녀를 보던 병준이 거울에 비친 자신의 머리를 정리하며 의아한 표정을 지었다.

"뭐야? 어제는 이렇지 않았는데, 하룻밤 새에 대우가 완전히 달라지네?"

화장실에서 일을 보고 나온 병준이 대기하고 있던 하녀와 함께 방으로 돌아오는 도중 케빈의 방문이 열려 있는 것을 보고 고개를 들이밀었다.

방 안에는 아직 잠이 덜 깬 케빈이 침대에서 상체만 일으켜 앉아 있고, 그 앞에 세숫물을 떠받치고 있는 하녀 한 명과 물을 묻힌 손으로 케빈의 얼굴을 닦아주고 있는 또 다른 하녀가 보였다.

"푸흡! 케빈, 너 뭐 하냐?"

하녀가 시켜주는 세수를 받고 있던 케빈이 눈을 돌려 병준을 본 후 피식 웃었다.

"뭔지 모르지만, 기분 좋은데요? 킬킬."

늦은 오전이 되어야 일어난 건이 방문을 열자 대기하고 있던 하녀들이 다가왔다.

일어나자마자 우르르 달려온 하녀를 멀뚱히 보고 있던 건이 의문스러운 표정을 짓자 하녀 중 한 명이 나서며 말했다.

"씻으시겠습니까?"

"네…… 씻으려고요. 화장실이 어디에요?"

하녀가 세숫물을 들고 있던 하녀를 가리키며 말했다.

"준비해 두었습니다."

건이 하녀들이 들고 있는 세숫물과 수건을 보고 고개를 저었다.

"아, 아니에요. 샤워할게요."

"그러시겠습니까? 이쪽입니다."

그녀를 따라 걷던 건의 눈에 극진한 대접이 부담스러운지 도망 다니는 병준과 히죽 웃으며 하녀들이 먹여주는 쿠키를 먹고 있는 케빈, 화장대에 앉아 하녀가 머리를 빗겨주고 있는 시즈카가 차례로 들어왔다.

샤워실에 도착한 건이 고개를 갸웃하며 샤워실로 들어갔다. 개인 사우나실이 구비 된 넓은 샤워실을 본 건이 휘파람을 불며 옷을 벗고 샤워를 시작하자 곧 샤워실 안이 하얀 김으로 가득해졌다.

앞이 보이지 않을 정도로 가득해진 김 사이에서 뜨거운 물로 상쾌한 샤워를 하던 건이 갑자기 느껴지는 인기척에 고개를 돌렸다.

"누구세요, 병준이 형? 저 샤워 중이에요."

답이 오지 않는 상대 덕에 눈을 가늘게 뜬 건이 김 사이로 드러난 검은 형체에 시선을 집중하다가 화들짝 놀라며 샤워 타월로 몸을 가렸다.

"뭐, 뭐예요!"

수영복 같은 옷을 입은 두 명의 하녀가 목욕용품을 들고 들어오는 것을 본 건이 놀라 소리치자 오히려 더 당황한 하녀들이 말했다.

"모, 목욕 시중들러 왔습니다."

"나, 나가요!"

"시중이 필요 없으십니까?"

"피, 필요 없어요! 나, 나가 주세요!"

샤워 타월로 중요 부위만 겨우 가린 건이 몸을 웅크리고 소리치자 하녀들이 뒷걸음질을 치며 밖으로 나갔다.

그녀들이 완전히 나가는 것을 확인한 건이 몸을 일으켜 황급히 몸을 닦고 벗어둔 옷을 찾으려 손을 더듬자 자신의 옷은 사라지고 하얗고 고급스러운 천으로 만든 가운이 잡혔다. 일단 가운을 걸치고 자신의 옷을 찾았지만, 옷은 온데간데없었다.

할 수 없이 가운만 걸치고 밖으로 나온 건이 자신을 안내해준 하녀에게 물었다.

"저…… 제 옷은요?"

30대로 보이는 하녀가 고운 웃음을 지으며 다가왔다.

"빨래를 해드리기 위해 가져갔습니다. 혹시 속옷이 없으시면 준비하겠습니다."

건이 손사래를 치며 말했다.

"아, 아니에요! 있어요."

"네, 그럼 아침 식사를 준비하겠습니다."

"아…… 네."

방으로 돌아온 건이 방문을 닫고 얼른 가방에서 속옷을 꺼내 입는 것과 동시에 다시 문에 노크 소리가 들렸다.

똑똑.

"자, 잠깐만요!"

황급히 가운을 벗고 티셔츠와 바지를 입은 건이 침대에 앉은 후 식은땀을 닦았다.

"들어오세요."

문이 열리고 네 명의 하녀가 음식과 음료 등을 담은 쟁반을 줄줄이 담아와 건의 침대 위에 간이 테이블을 놓고 상을 차렸다.

멀뚱히 그것을 지켜보고 있던 건이 상차림이 끝나자 다소곳이 서 있는 하녀들을 보았다. 그녀들은 상을 다 차렸음에도 갈 생각이 없어 보였다.

나직하게 한숨을 쉰 건이 침대에 앉자, 하녀 한 명이 재빨리 다가와 스푼을 들고 김이 나는 스프를 한 숟갈 떠 건의 입가로 옮겨주었다.

놀란 건이 몸을 뒤로 빼며 말했다.

"뭐, 뭐 하시는 거예요?"

하녀가 말없이 스푼을 들이미는 것을 본 건이 손을 들어 스푼을 빼앗으며 말했다.

"제가 할게요, 저도 손 있어요. 그렇게 지켜보고 계시면 부담스러워서 밥 못 먹어요, 나가주시겠어요?"

하녀들이 머뭇거리며 발을 떼지 못하자 방문 쪽에서 조금 늙어 보이는 하녀가 그녀들에게 지시했다.

"나가 있어요."

그제야 우르르 건의 방을 나서는 하녀들을 본 늙은 하녀가 들어와 말했다.

"시녀장인 바네사입니다. 불편한 점이 있으시면 언제든 말씀하세요."

시녀장이라 말하는 바네사를 올려다보던 건이 조심스럽게 물었다.

"저…… 지금 이게 무슨 일인가요? 어젯밤에는 이렇지 않았는데."

"일리셰르 우스마노프 씨의 지시입니다."

"지시요?"

"네, 국빈의 예우를 하라는 지시를 받았습니다."

"국빈까지……."

"식사하시고 곧바로 에미레이트 스타디움으로 이동하셔야 하니 서둘러 주세요."

"아, 예! 알겠습니다."

바네사는 결국 건이 식사를 끝내는 순간까지 자리를 지켰다. 그녀의 눈치를 보며 밥이 입으로 들어가는지 코로 들어가는지 모를 식사를 마친 건이 외출복으로 갈아입고 저택 1층 입구로 내려오자 이미 준비를 마친 일행들이 차 앞에서 건을 기다리고 있었다.

얼마나 도망을 다녔는지 빨리 이곳을 벗어나고 싶다는 표정을 짓고 있던 병준이 능글맞게 웃으며 하녀들에게 윙크를 날리고 있는 케빈의 엉덩이를 발로 차는 모습, 하녀들의 관리를 받아 평소보다 더 정갈하고 예쁜 모습으로 자신을 보고 있는 시즈카의 모습을 본 건이 일행들에게 다가가 물었다.

“다들 아침부터 일하시는 분들 습격을 받은 거야?”

케빈의 엉덩이를 차던 병준이 한숨을 쉬며 허리춤에 손을 올렸다.

“말도 마라, 화장실에서 볼일 보는데 밖에 서 있더라니까? 해달라면 내 엉덩이도 닦아줄 기세였다고.”

시즈카가 곱게 빗질한 자신의 검은 생머리를 만져보며 말했다.

“전 코디랑 같이 온 기분이에요. 가만히 앉아 있으니 머리부터 화장까지 다 해주더라고요, 여섯 살 이후로 누군가 제 옷을 입혀준 건 오늘이 처음인 것 같아요.”

케빈이 여전히 하녀들에게 윙크와 손짓을 하며 말했다.

"여기가 할렘이지. 저기 금발 머리 여자애 귀엽지 않아? 재가 아침을 먹여줬는데 손이 어찌나 부드러운지 황홀했다고."

병준이 뒤에서 케빈의 목에 초크를 걸며 말했다.

"회사 망신시키지 마라! 너 공인이야, 인마!"

"큭! 크헉, 형. 차에 타서 해요, 여기서 이러면 창피하잖아요!"

"뭐라? 일하는 분들한테 추파 던지지 마!"

"으헉! 혀, 형 수, 숨 막혀요!"

실랑이하는 일행들 뒤로 일리셰르 우스마노프가 나타났다. 베스트까지 풀 세트로 차려입은 회색 정장에 검은 명품 구두를 신은 그가 웃으며 말했다.

"허허, 아침부터 활기차시군요. 역시 젊음이 좋아요."

병준이 황급히 케빈을 밀어내며 말했다.

"아, 일리셰르 우스마노프 씨. 좋은 아침입니다, 대접이 너무 후해서 당황스러웠네요."

일리셰르 우스마노프가 병준의 어깨를 툭툭 치며 말했다.

"허허, 귀한 손님이신데 당연히 주인된 도리 아니겠습니까? 그래, 불편하신 점은 없었고요?"

"아…… 그게……."

병준이 눈을 굴려 긴장된 표정의 하녀들과 그 앞에선 바네사를 보았다.

열 명이 넘는 하녀들이 침을 꿀꺽 삼키며 자신의 입만 보고 있는 것을 본 병준이 식은땀을 흘리며 어색한 웃음을 지었다.

"어…… 없었습니다. 하핫."

"허허, 그거 다행이군요. 자 그럼 가실까요? 경기 시작 두 시간 전이니 슬슬 가봐야 합니다."

어제 탔던 롤스로이스 리무진에 오른 일행들이 곧 런던 시내로 접어들었다.

경기장에 다가갈수록 색색 옷을 입은 응원단들이 길을 걸으며 노래를 부르거나 벌써 고함을 지르며 응원을 하는 것을 본 케빈이 외쳤다.

"으와, 진짜 EPL이다! EPL이야!"

건 역시 약간 흥분된 표정으로 창문 밖에 시선을 고정하자 함께 밖을 보고 있던 시즈카가 물었다.

"사람들 옷이 빨간색 아니면 흰색이네요. 상대편 응원단은 하나도 안 보여요. 왜일까요?"

케빈이 그것도 모르냐는 표정으로 그녀를 보았다.

"여긴 런던이잖아, 오늘은 챔피언스 리그라 스페인 프리메라리가 팀인 FC 바로셀로나와 경기가 있다고, 영국에서 영국 클럽 축구팀 응원단이 많은 건 당연하지. 하지만 FC 바로셀로나는 세계적으로 인기 있는 구단이니까 막상 구장에 가면 그쪽 응원단도 만만치 않게 많을 거야."

케빈의 말과 같이 구장에 다가갈수록 상대 팀의 저지를 입거나 깃발을 든 팬들이 조금씩 모습을 드러냈다.

하지만 흰색과 붉은색의 물결에는 턱없이 부족한 수였다. 곧 에미레이트 스타디움 앞에 도착한 차가 스타디움을 끼고 크게 돌자 경기장의 외부 모습이 눈에 들어온 케빈이 창문에 붙어 고함을 질렀다.

"드디어 왔다! 으와와! 경기장 크기 봐! 6만 명짜리 경기장이라더니 엄청나게 크고 시설도 끝내줘!"

일리셰르 우스마노프가 자랑스러운 미소를 지으며 말했다.

"EPL에서 아스날과 같은 시설을 갖춘 구단은 그리 많지 않죠. 우리는 VIP석에서 보게 될 테니 일반 관객들이 입장하는 이곳이 아닌 뒤쪽 입구로 갈 것입니다."

케빈이 눈을 동그랗게 뜨고 말했다.

"VIP 요? 그…… TV에서 보면 경기장 맨 위에 창문이 있는 부스 같은 곳 말씀이세요?"

"맞습니다, 지붕에 붙어 있죠, 전체적인 경기 모습이 가장 잘 보이는 곳이기도 합니다."

"크헉! 대박, 그런 곳에서 경기 보려면 얼마나 줘야 해요?"

"후후, 돈으로 살 수 없습니다. 오직 구단 최상위층이나 그와 관계된 사람들만 입장 가능하죠."

"우와! 내가 그런 곳을 가보다니, 케이! 두근거리지 않아?"

케빈이 팔꿈치로 건을 툭 치며 말을 걸었지만, 왠지 건은 뭔가 불만스러운 표정을 짓고 있었다.

건의 표정을 살핀 일리셰르 우스마노프가 조심스럽게 물었다.

"뭔가 불편하신 것이 있습니까?"

건이 표정을 바꾸며 살짝 고개를 숙였다.

"아, 아닙니다."

일리셰르 우스마노프가 차 안에서 엉덩이를 들썩이며 말했다.

"불편한 것이 있으시면 말씀해 주세요, 뭐든 들어드리겠습니다."

건이 기대에 찬 케빈의 눈치를 본 후 나직하게 말했다.

"저…… 그냥 선수들이 잘 보이고, 관중들과 함께 응원할 수 있는 곳에서 응원하긴 어려울까요? 티켓이 다 팔렸을 테니 갑자기 그곳으로 가기는 어렵겠죠?"

케빈이 놀란 표정으로 뭐라고 말을 하려다가 EPL에 온 김에 관중들과 함께 소리를 지르고 응원하는 것도 좋은 경험이겠다 싶었는지 입을 닫자 일리셰르 우스마노프가 말했다.

"아…… 가능은 합니다. 경기장 정 중앙 광고 스탠드 앞자리가 VIP로 지정되어 있거든요, 대부분 몇 자리가 비어 있죠. 하지만 그곳은 화장실 가기도 쉽지 않은 곳인데 괜찮으시겠습니까?"

건이 밝은 표정으로 고개를 끄덕였다.

"그럼요, 여기 온 이유는 제 음악을 시험하기 위해서인데 저도 함께 응원하며 관중들의 변화를 살피고 싶어 그래요."

일리셰르 우스마노프가 고개를 끄덕인 후 전화를 들었다.

"나다, 자리를 바꾸지, 경기장 중앙 VIP석으로 간다."

잠시 후 아무도 없는 VIP 전용 입구에서 내린 일행이 경호원들의 안내를 받아 경기장으로 들어갔다.

어두운 복도를 지나 빛이 들어오는 입구로 가던 시즈카가 심장을 울리는 함성에 기대에 찬 표정을 짓다가 경기장 1층으로 이어진 입구로 나오는 순간 감격한 표정을 지었다.

일행들의 눈에 6만여 명의 관객이 꽉 들어찬 에미레이트 스타디움이 들어왔다. 흰색과 붉은색의 향연, 쏘아 올리는 축포와 거대한 깃발들, 흥분한 사람들이 질러대는 함성에 귀가 먹을 것 같았다.

한껏 흥분하며 연신 경기장의 모습을 두리번대던 케빈이 심장을 부여잡으며 외쳤다.

"크흑! 이거야! 이게 EPL이지! 으와와와와! 흥분된다!"

VIP 좌석이라고는 하지만 자리의 위치가 좋은 것이지 상단 부스처럼 그들만 출입하는 좌석이 아니었기에 이미 자리를 잡고 앉아 있는 사람들에게 양해를 구하며 자리로 들어가던 일행이 어느 순간 누군가가 외친 한 마디에 몸을 굳혔다.

"케, 케이다!"

주위 수천 명의 관객이 모두 몸을 살짝 숙이고 자리로 들어가고 있는 건에게 시선을 집중했다. 이동하던 중 몸을 굳힌 건이 고개를 들자 팬들이 난리를 피웠다.

"으와와와! 진짜 케이야!"

"꺄아악, 엄청 잘 생겼다!"

"와악! 나 리버풀 사운드 시티에도 다녀왔어요! 여기 좀 봐줘요!"

"우리 아스날 응원하러 온 거예요?"

주위 팬들이 양팔을 번쩍 들며 질문을 던지자 건이 미리 준비했던 아스날 FC의 수건을 펼치며 활짝 웃었다.

건이 펴든 타월에 Gunners라고 적힌 문구와 아스날의 방패 문양을 본 팬들이 자리에서 벌떡 일어나며 소리를 질러댔다.

"우오오오오오오! 케이도 우리와 같은 편이었어!"

"좋아! 승리의 신이 왔다! 오늘 바로셀로나 녀석들을 밟아 죽이자고!"

"꺄아아악! 케이도 아스날 팬인가 봐!"

사람들에게 손을 흔들어준 건이 이미 자리를 잡고 앉은 일행들 사이로 들어와 자리에 앉자 사람들이 건의 주위에 앉아 있는 일행들을 보고 웅성거렸다.

"저 동양 여자 시즈카 미야와키 아냐?"

"마, 맞는 것 같은데?"

"그 옆에는 몬타나의 케빈 같은데……."

"맞다! 맞아! 나 리버풀 사운드 시티에서 봤어, 케빈 맞아!"

"헐, 유명인들이 뭉쳐 다니네."

"대박, 오늘 경기 보러 오길 잘했다."

건이 앉은 자리 주위의 수천 명의 시선이 일행들에게 집중되어 있었지만, 경기장 전체적인 분위기는 여전히 소리를 지르며 응원을 하는 관객들로 흥분에 차 있었다.

잠시 후 경기 시작 전 몸을 풀기 위해 경기장에 선수들이 모습을 드러내자 관객들의 함성이 터져 나왔다. 에미레이트 스타디움이 홈인 아스날 FC 선수들에게는 환호가, 상대편인 바로셀로나 선수들에게는 야유가 터져 나오는 것을 본 시즈카가 인상을 쓰며 주위를 돌아보았다.

"아무리 홈 경기라지만 너무 하네요."

병준이 웃음을 지으며 흥분된 표정으로 말했다.

"저쪽 홈에 가도 똑같아, 축구는 공으로 하는 전쟁이라고!"

경기장 구석 천장에 있는 거대한 멀티 비전에 몸을 풀고 있는 선수들의 모습이 비치자 관객들이 선수 한 명 한 명의 이름을 외치며 고함을 질러댔다.

주로 아스날 FC의 선수들을 비추어주던 카메라가 주장인 메르테 자커를 비추자 관객들이 함성을 지르며 자리에서 일어나 양팔을 들었다.

선수들과 가까운 자리에 있던 일행들은 굳이 멀티 비전을 보지 않고 선수들의 모습을 눈으로 보고 있었다. 몇백억은 가볍게 넘는 몸값을 가진 수퍼 스타들을 보던 케빈이 멍한 표정으로 중얼거렸다.

"리오넬 메시다…… 헤에……."

작은 덩치를 가진 선수가 몸을 이리저리 움직이며 볼 트래핑을 하는 것을 본 케빈이 핸드폰을 들어 사진을 찍기 시작했다.

축구를 공부한 지 얼마 되지 않은 시즈카 역시 메시는 알아보는지 함께 핸드폰을 들어 사진을 찍던 도중 갑자기 에미레이트 스타디움이 무너질 듯 터져 나오는 거대한 함성에 놀라 핸드폰을 놓칠 뻔했다.

무슨 일인지 몰라 주위를 두리번거리던 시즈카가 고개를 들어 경기장의 멀티 비전을 보았다.

멀티 비전 속에 선수들의 모습을 구경하고 있는 건의 모습이 담겨 있었고, 그 옆에 얼빠진 표정을 짓고 있는 케빈과 자신을 본 시즈카가 황급히 표정을 수습했다.

"으와와와! 케이다!"

사람들이 소리를 지르며 건의 이름을 연호했다.

"케이! 케이! 케이! 케이! 케이! 케이!"

자신의 이름이 불리자, 멀티 비전을 본 건이 환하게 웃으며 자리에서 일어나 Gunners의 수건을 펼치자 경기장이 무너질 듯한 함성이 다시 터져 나왔다.

"으와와! 케이! 케이! 케이! 케이! 케이! 케이! 케이! 케이!"

한참 손을 흔들어준 건이 자리에 앉자 수만의 시선이 건에게로 모였다.

경기장에서 연습하던 선수들 역시 건을 보며 자기들끼리 대화를 하는 것을 본 케빈이 멍한 표정으로 건을 보았다.

"너…… 엄청나구나?"

아무렇지도 않게 웃는 건과는 달리 자랑스러운 표정의 병준이 웃으며 말했다.

"그럼! 이 녀석 인기는 어디 가도 마찬가지지!"

그때 일행에게 축구공 하나가 통통 튕기며 다가왔다.

자신도 모르게 공을 부여잡은 시즈카가 멀뚱히 공을 바라보고 있자, 누군가 다가와 손을 내밀었다. 반사적으로 공을 건네주던 시즈카가 상대를 보며 눈을 크게 떴다.

"메시?"

수염이 가득한 작은 선수가 눈웃음을 지으며 공을 받은 후 눈인사를 건네자 얼굴이 빨개진 시즈카가 고개를 푹 숙였다.

귀엽다는 표정으로 시즈카를 보던 메시가 건에게로 고개를 돌리더니 손을 내밀었다.

“만나서 영광입니다, 케이.”

세계적인 축구 선수가 악수를 청하자 벌떡 일어나 그의 손을 맞잡은 건이 웃으며 말했다.

“팬입니다, 오늘 멋진 경기 보여주세요!”

“하하, 오히려 제 쪽이 팬입니다, 나중에 사인 부탁합니다.”

“네! 하하, 저도 부탁드려요.”

눈을 찡긋한 메시가 돌아가자 이번에는 아스날 FC의 유니폼을 입은 선수가 다가왔다.

가장 먼저 독일 대표팀에 소속된 메수트 외질이 안 그래도 큰 눈을 더 크게 뜨며 건에게 악수를 청했다.

“반갑습니다, 케이! 오늘 응원하러 와주셔서 정말 감사합니다.”

건이 일어나 악수를 받아주자 곧 알렉시스 산체스와 아론 램지, 대니 월백이 우르르 다가와 건에게 악수를 청했다.

웃으며 선수 한 명 한 명과 악수와 격려의 말을 하던 건은 주장인 메르테 자커가 다가와 선수들을 말릴 때까지 계속 선수들에게 응원의 말을 던졌다.

멀티 비전으로 그 모습을 보고 있던 관객들이 환호를 보내고, 잠시 후 경기 시작 직전 준비를 하기 위해 선수들이 라커룸으로 돌아갔다.

경기장에 서 있는 선수들이 한 명도 없었지만, 응원의 열기는 식지 않고 계속되었다.

심장이 터질 것 같은지 가슴을 부여잡은 시즈카가 흥분과 기대에 찬 얼굴로 선수들이 나올 검은 입구를 보고 있는데 경기장에 묵직한 베이스 기타 음이 들려오기 시작했다.

경기 시작이 임박했음을 눈치챈 관객들이 함성을 지르다 들려 오는 음악 소리에 귀를 기울였다.

"Fury! Fury야! 이 음악! Fury라고!"

"와앗! 이 음악 사 온 거야? 우리 프론트 대단한데?"

"축구 경기에 제격이야! 벌써 흥분된다!"

곧 Fury 특유의 베이스와 기타의 싸움이 시작되고 건의 포효가 울리는 순간 검은 입구에서 아이들의 손을 잡은 선수들이 모습을 드러냈다.

전투적인 음악을 배경으로 하여 오늘 격돌한 양측의 전사들이 모습을 드러내자 6만의 관중 전원이 자리에서 일어났다.

축포가 터지고 하얀 연기가 하늘로 피어올랐다.

아스날 FC의 깃발이 나부끼고 붉은색 대형 깃발이 아스날의 앰블럼을 그리며 6만이 내지르는 함성이 경기장을 가득 메웠다. 축구 종주국의 광팬답게 건의 뒷자리에서 그의 뒤통수만 뚫어지게 보고 있던 팬들도 이내 경기장에 들어오는 선수들에게 시선을 집중하며 환호를 보냈다.

일행 역시 함성을 지르며 축구 경기가 주는 흥분과 열기 속으로 빠져들어 갔다. Fury가 주는 흥분과 챔피언스 리그의 시작이 더해진 에미레이트 스타디움은 점점 광기의 도가니로 변해갔다. 눈이 시뻘게진 팬들이 고함을 질러대고 흥분에 찬 관객들이 발을 굴러댔다.

엄청난 열기의 경기장과 달리 평온한 VIP 부스.

홍분한 관객들과 입장하는 선수들을 내려다보며 팔짱을 끼고 있던 일리셰르 우스마노프가 고개를 크게 끄덕였다.

"Fury의 선택은 최고의 결정이었던 것 같군."

그의 옆, 노년의 남자가 샴페인 잔을 들며 말했다.

"음, 자네 선택이 맞았다고 인정해 주지. 평소보다 더 하구먼."

일리셰르 우스마노프가 슬쩍 웃으며 앉아 있는 남자를 내려다보았다.

"스탠, 관객들을 흥분하게 하기에 이만한 곡이 없지?"

앉아서 샴페인을 마시고 있는 남자는 아스날 홀딩스의 1대 주주 스탠 크론케였다.

백발을 단정하게 뒤로 넘긴 노신사가 고개를 끄덕이며 말했다.

"음, 그렇군. 이렇게까지 흥분한 관객들을 보는 건 킹 앙리가 있을 때 이후로 처음인 것 같아. 선수들 표정을 보게."

일리셰르 우스마노프가 고개를 돌려 VIP 부스에 설치된 중계 TV를 보자, 흥분에 찬 선수들이 연신 몸을 움직이며 긴장을 풀고 있는 것이 보였다.

함께 그 모습을 보던 스탠이 말했다.

"평소 긴장된 표정을 짓던 선수들과는 다르게 오늘은 전의에 불타는 표정을 짓고 있구먼. 안 그런가?"

일리셰르 우스마노프가 이를 드러내고 웃었다.

"후후, 그렇군."

"그런데 말이야…… 상대편도 같은 표정을 짓고 있구먼?"

"응?"

일리셰르 우스마노프의 눈에 아스날 선수들과 다름없이 전의를 불태우고 있는 바로셀로나 선수들의 모습이 보이자 그의 인상이 찌푸려졌다.

"음, 음악으로 인해 좋은 효과를 받는 것은 우리 선수들뿐이 아니라는 건가?"

스탠이 노련한 눈빛으로 TV를 보다 웃으며 샴페인을 들었다.

"좋은 경기가 나오겠어. 피 튀기는 경기 말이야, 하하, 아 그리고 케이의 곡이 하나 더 있다고 했지?"

"음, 맞아. 팀이 지고 있을 때 틀어달라던 음악이지."

"그 음악 역시 상대팀에게 들리지 않을까?"

"무슨 상관인가? 가사를 보니 아스날이란 이름으로 도배가 되어 있던데 말이야. 오히려 그걸 듣고 힘이 빠졌으면 좋겠군."

"하하, 정말 그랬으면 좋겠군. 아! 시작하나 보네."

상공에서 아래를 내려다보던 두 사람의 눈에 경기장에 포지션을 잡고 선 선수들이 심판의 휘슬을 기다리는 것이 보였다. 곧 휘슬이 울리고 함성과 함께 경기가 시작되었다.

선축을 한 우스만 뎀벨레가 공을 뒤로 뺐다. 수비수인 제라르 피케가 공을 잡자마자 총알 같이 튀어나간 메시와 루이스 수아레즈, 제라르 데울로페우가 아스날의 진영으로 침투하자, 중앙을 장악하고 있던 우스만 뎀벨레가 공을 이어받아 전방으로 롱 패스를 찔러 넣었다.

시작과 함께 위험한 상황이 연출되자 머리를 쥐어뜯으며 자리에서 일어난 팬들이 불안한 눈으로 소리를 질렀다.

경기장 우측에서 공을 전달받은 리오넬 메시가 현란한 개인기로 수비수를 달고 질주했다.

그의 트레이드 마크인 사선 드리블로 수비수들을 끌어낸 메시가 자신의 왼편 뒤에서 스치고 지나가는 루이스 수아레즈에게 스루 패스를 연결하자 순식간에 뚫린 수비진이 당황한 눈으로 루이스 수아레즈를 쫓았다.

한 번의 터치를 한 후 대포알 같은 중거리 슛을 쏘아낸 루이스 수아레즈가 자신에 찬 표정으로 골대를 보며 안타까운 표정으로 경기장에 쓰러졌다.

관객들의 눈에 몸으로 그의 슛을 막아 굴절시킨 메르테 자커가 들어오자 6만 관객들이 일어나 함성을 질러대기 시작했다.

"대박! 방금 봤어?"

"그러게! 메르테 자커가 꽤 멀리 있었는데 몸을 날리다시피 했어! 역시 우리 주장!"

"오늘 경기 시작부터 땀을 쥔다! 뭐야, 뭘 어떻게 했길래 이렇게 처음부터 선수들이 날아다니는 거야?"

"단체로 약이라도 먹은 건가! 다들 움직임이 장난이 아니야!"

관객들의 귀에 경기가 잠시 중단될 때마다 울려 퍼지는 Fury가 꽂혀 들어왔다.

경기는 긴박하게 흘렀다. 관객 중 누군가 말했듯이 단체로 약이라도 먹었는지, 한 시즌에 보기 힘든 슈퍼 플레이들이 연이어 나오고, 안 그래도 챔피언스 리그 16강전이라는 흥분 가득한 이벤트에 선수들의 멋진 플레이까지 더해져 관중들의 열기는 최고조에 이르렀다.

아스날 입장에서 좋은 상황이 발생하면 하프 라인을 넘는 순간부터 관객들이 자리에서 일어났고, 찬스를 놓치면 머리를 감싸 쥐고 안타까운 탄성을 질렀다.

건, 케빈, 병준은 어느새 관객들과 동화되어 소리를 고래고래 지르고 있었고, 시즈카만이 낯선 분위기 때문에 적응을 못하고 있다가, 전반 10여 분이 지난 후부터는 그들과 함께 목이 터져라 응원의 함성을 질러대고 있었다.

홍분으로 인해 얼굴이 달아오른 시즈카가 양손을 펼치며 소리쳤다.

"꺄아악! 축구가 이렇게 홍분되는 줄 몰랐어요!"

건이 시즈카를 돌아보며 환하게 웃음 지었다.

"이게 축구야, 시즈카! 아아아!"

케빈이 미리 받은 응원용 수건을 미친 듯이 돌려대며 엉덩이를 들썩거렸다.

"아스날! 아스날! 아스날! 아스날! 어어, 어어어어!"

경악에 찬 케빈의 고함에 시즈카와 건의 시선이 경기장으로 향했다. 미드필더인 세르히오 부스케츠의 롱 패스가 반대편 공간을 침투하며 찔러 들어가는 FC 바르셀로나의 주장 안드레스 이니에스타에게 연결되었다.

아직 하프 라인을 겨우 넘은 수준이었지만, 완전히 노마크로 열려 버린 안드레스 이니에스타가 짧은 드리블을 치며 경기장 우측 공간을 지배했다.

아스날 FC의 선수들이 황급히 따라붙었지만, 드리블을 치며 앞으로 나아가는 안드레스 이니에스타는 이미 가속력이 붙었다.

순식간에 중앙 페널티 에어리어 30m 지점까지 침투한 안드레스 이니에스타의 앞을 메르테 자커와 로랑 코시엘니가 막아섰다. 갑자기 맞이한 위기 상황에 마티유 드뷔시까지 중앙을 막아서자 안드레스 이니에스타가 재빨리 공을 왼쪽으로 찔렀다.

세 명의 수비수가 모두 안드레스 이니에스타가 공을 찌른 공간으로 고개를 돌리자 빠르고 작은 그림자가 공을 트래핑하며 순식간에 그들을 스치고 지나갔다.

크게 놀란 로랑 코시엘니가 그의 유니폼이라도 잡아끌기 위해 손을 뻗었지만 이미 그들을 뚫어 버린 작은 그림자에게 소리치는 것 외에 그가 할 수 있는 일은 없었다.

"리오넬 메시!"

조금 길게 트래핑 된 공을 슬라이딩하며 슈팅으로 가져간 리오넬 메시가 넘어지면서도 끝까지 골대에서 눈을 떼지 않았다.

"선방!"

메시의 슛이 페트르 체흐의 발끝에 겨우 걸려 굴절되는 것을 본 관객들이 안도의 한숨을 쉬었지만, 아직 아웃라인 밖으로 나가지 않은 공 덕분에 관객들은 꼭 쥔 주먹을 펼 수 없었다.

"제라르 데울로페우!"

수비수 사이를 몸싸움으로 비집고 나온 제라르 데울로페우가 굴절된 공에 머리를 대었다. 동그랗게 곡선을 그린 볼이 아무도 없는 골대로 통통 튕겨 들어가는 것을 본 아스날 팬들이 머리를 감싸 쥐었다.

"아아아아!"

삐익!

골을 알리는 심판의 휘슬이 들려오고 에미레이트 스타디움이 침묵에 휩싸였다.

코너로 다가와 검지를 입에 댄 제라르 데울로페우에게 야유를 보내는 것도 잊은 팬들이 힘없이 자리에 앉으며 이마에 손을 얹고 고개를 숙였다.

얼굴에 아스날 FC의 로고를 페인팅한 미녀 관객이 실망한 표정으로 털썩 주저앉으며 중얼거렸다.

"역시 바르셀로나에게는 안 되는 거야?"

그녀의 옆에 있던 흑인 남자가 맥주를 마시며 씨익 웃었다.

"거봐, 바랄 걸 바라야지. 나도 아스날 팬이지만 바르셀로나랑 붙어서 이길 팀은 아니지."

미녀가 흑인 남자를 째려보며 팔짱을 꼈다.

"너도 아스날 팬이면서 어떻게 그런 말을 해?"

흑인 남자가 맥주를 들며 말했다.

"난 축구 자체를 즐기는 거지, 아스날이 이기면 좋겠지만 승산 없는 싸움에 응원을 하는 건 에너지 낭비일 뿐이야. 바르셀로나 선수들도 구경할 겸 온 것뿐이라고."

"흥! 너 같은 사람이 표를 사니까, 진짜 응원하고 싶은 사람들이 표를 못 구하잖아."

"후후, 자본주의 사회에서는 먼저 기회를 잡는 사람이 승리하는 게 당연한 거야."

"쳇! 말이라도 못하면!"

실랑이를 벌이는 남녀와 같은 일은 여기저기서 벌어졌다. 웅성거리며 불만을 토로하는 사람들을 보던 시즈카가 걱정되는 표정으로 말했다.

"이러다 지는 거 아니에요?"

케빈이 실망한 표정을 지었지만 이내 신색을 회복하고 말했다.

"상대는 바르셀로나라고, 져도 멋지게 지면 되는 거야! 최선을 다해라, 아스날!"

건 역시 비슷한 생각이었는지 그저 고개를 끄덕였다.

네 사람이 나란히 앉아 있는 VIP석을 자꾸 비추던 맞은편 카메라 감독은 경기장 상단 대형 TV에 자꾸 자신이 찍은 건의 모습이 나오는 것을 보고 흡족한 미소를 짓다가 고개를 갸웃했다.

"어? 뭐지……."

반 장갑을 끼고 있던 그가 헤드폰을 벗은 후 카메라의 모니터 앵글을 자세히 보았다.

건, 케빈, 병준, 시즈카가 앉은 VIP 좌석에서 다섯 줄 뒤에 나란히 비어 있는 세 자리를 본 그가 눈을 비빈 후 육안으로 맞은편을 보았다.

"뭐야, 분명 사람이 앉아 있는 것 같은데…… 왜 앵글에 안 잡히지?"

눈을 찌푸리며 멀리 있는 좌석을 살핀 그가 다시 한번 눈을 비볐다.

"분명…… 세 명의 사람이 앉아 있는 것 같은데……."

그의 눈에 검은 장발에 검은 정장을 입은 듯한 남자와 갈색 머리에 회색 정장을 입은 남자, 금발 머리에 아스날 저지를 입고 머리에 두건을 동여맨 남자가 보였다.

다시 한번 카메라 앵글을 본 그가 줌을 당겨 건의 뒷좌석을 비추었지만 빈 좌석만이 나올 뿐이었다.

혹시 자신이 다른 좌석을 비추고 있는 것은 아닌가 의심한 그가 관중석 여러 곳을 비추고 있을 때 그의 귀에 꽂힌 이어폰에서 고함이 터져 나왔다.

"8번 카메라! 어딜 찍는 거야! 제대로 안 찍어? 관객석을 찍으려면 한 곳에서 관객 표정을 제대로 잡은 후에 돌려야지 그렇게 이리저리 비추기만 하면 방송에 어떻게 내? 너 초짜야?"

카메라 감독이 화들짝 놀라 무전기 버튼에 손을 올리고 말했다.

"아, 죄송합니다. 이상한 점이 있어서요."

이어폰 너머의 메인 PD가 물었다.

"이상한 점? 뭔데? 테러 의심자라도 있는 건가?"

"아, 아닙니다. 분명 육안으로 보면 자리에 있는 사람인데 카메라로 비춰 보면 보이질 않아서요."

"당신이 다른 곳 비췄겠지! 여기 관객이 6만이야, 그중 관객 하나를 잡아내는 게 얼마나 힘든 일인데 그래, 이상한 소리 하지 말고 제대로 찍어!"

"아, 예! 죄, 죄송합니다."

무전을 끊은 카메라 감독이 여전히 의심스러운 눈으로 멀리 보이는 세 남자를 보았지만, 서슬 퍼런 고함을 질러대는 PD가 무서웠는지 경기장 쪽으로 카메라를 돌렸다.

그가 보고 있던 건의 뒤 VIP석에 앉아 있던 갈색 머리의 남자가 팔짱을 낀 채 불만스러운 표정으로 옆에서 깃발을 흔들며 고함을 치고 있는 금발 미소년에게 말했다.

"꼭 이렇게 해야 하는 겁니까? 정장을 입은 사람 얼굴에 페인팅이라니, 이게 무슨 패션 테러리스트나 하는 행동입니까?"

깔끔한 회색 수트에 멋지게 빗은 갈색 머리와는 상반되게 볼에 아스날의 앰블럼을 새겨 넣고 볼을 부풀린 그를 본 금발 미소년이 자신의 얼굴에 여러 개 그려 넣은 페인팅을 가리키며 말했다.

"뭐 어때? 축구 경기장에는 이런 차림이 눈에 안 띄는 거라고."

갈색 머리의 남자가 눈살을 찌푸리며 금발 미소년을 아래위로 보았다.

빨간색 바탕에 하얀색 소매의 아스날 저지를 입고, 하얀 반바지에 축구화까지 신은 그는 머리에 아스날의 응원 도구인 타월을 동여매고 깃발을 흔들어대고 있었다.

"파이몬 님, 인간들이나 하는 행동이 재미있으십니까?"

파이몬이 장난스러운 표정으로 깃발을 흔들며 웃었다.

"이히히, 이렇게 하고 있으니까 나도 인간 같지 않아? 히히."

"예, 너무 인간 같아서 죽이고 싶군요."

"푸하하, 암두시아스 너도 해봐, 재미있으니까."

암두시아스가 여전히 불만스러운 눈빛으로 맨 끝에 앉은 검은 장발의 남자를 보았다. 검은 수트를 입고 선글라스를 쓴 남자는 검은 가죽 장갑을 낀 손을 모으고 경기장에 시선을 집중하고 있었다.

"가마긴 각하, 굳이 축구까지 보러 오지는 않아도 되시지 않습니까?"

선글라스를 쓴 가마긴이 암두시아스를 힐끔 보았다.

잠시 그에게 시선을 줬던 그가 다시 앞을 보며 말했다.

"누구처럼 아이가 연구하고 있는 미술관에 몰래 가서 지켜보는 것보다 낫지 않은가?"

"헉! 그, 그건!"

당황한 암두시아스의 눈이 커지자 의자 위에 올라서서 깃발을 흔들던 파이몬이 자리에 털썩 주저앉으며 장난스럽게 말했다.

"모를 줄 알았어?"

암두시아스가 식은땀을 흘리며 손사래를 쳤다.

"그, 그것이!"

웃고 있는 파이몬의 눈빛이 달라졌다. 입은 웃고 있지만, 눈은 지옥의 서쪽을 다스리는 마계의 백작답게 파랗게 빛나는 것을 본 암두시아스가 몸을 굳히자, 파이몬이 여전히 미소를 거두지 않은 채 입을 열었다.

"한 번 더 그런 짓 하면 죽어. 소멸시켜서 세상 어디에서도 네 존재를 찾을 수 없게 만들어주지."

"그, 그, 그런……."

암두시아스가 입만 웃으며 말하는 파이몬의 시선을 피하다가 가마긴을 보았다.

굳은 표정으로 앞을 보고 있는 가마긴은 선글라스 덕에 그 표정을 읽을 수 없었다.

무서운 눈으로 자신을 보는 파이몬과 눈을 마주칠 자신이 없었는지 그가 딴 곳으로 시선을 돌리며 손을 휘저으며 변명했다.

"그, 그건 그냥 아이가 배워 간 것을 잘 연구하고 있는지 구, 궁금해서 간 것뿐입니다. 저, 절대 다른 뜻이 있어서 간 것이 아닙니다."

파이몬의 얼굴에서 유일하게 웃고 있던 입마저도 굳어졌다. 표정이 달라지자 주위에 앉아 있던 관중들이 갑자기 불어오는 차가운 바람에 몸을 부르르 떨며 주위를 살폈다.

완전히 무표정하게 변한 얼굴의 파이몬이 암두시아스의 귀를 잡았다.

"윽!"

그의 귀를 잡아 자신의 입가로 끌어온 파이몬이 조용하게 말했다.

"나를 누구라고 생각하는 거냐? 그따위 거짓말이 통할 상대라고 생각하나? 내가 만만하게 보이나 보지?"

귀로 전해지는 고통에 얼굴을 찡그린 암두시아스가 감히 대적하지 못하고 손을 마구 휘저었다.

"아, 아닙니다! 자, 잘못했습니다, 파이몬 님!"

잠시 더 그의 귀를 비틀던 파이몬이 가마긴을 돌아보자 그가 살짝 고개를 끄덕였다.

가마긴이 신호를 주자 암두시아스의 귀를 놓아준 파이몬이 그의 바지에 손을 닦으며 말했다.

"최종 경고야, 한 번 더 그런 짓을 하면 죽어, 네가 무슨 생각으로 갔는지도 알고 있으니까 말이야."

귀를 부여잡은 암두시아스가 감히 대꾸도 하지 못하고 고개를 숙이자 가마긴이 그의 어깨를 툭툭 치며 말했다.

"그만하게, 그래도 암두시아스 덕분에 한 명의 천사가 누구인지 알았으니."

암두시아스가 살길을 찾았다는 표정으로 외쳤다.

"거 보십쇼! 그게 다 제 덕분이라는 거 아닙니까!"

파이몬이 표정 없는 얼굴로 암두시아스에게 깃발을 내밀었다.

자기도 모르게 아스날의 앰블럼이 새겨진 깃발을 받은 암두시아스가 그를 보자 무서운 표정의 파이몬이 말했다.

"응원해."

잠시 후 한참 하프 라인과 센터 서클을 찍고 있던 카메라 감독이 궁금함을 참지 못하고 다시 관중석으로 시선을 돌렸을 때 그의 눈에 타이트한 회색 수트를 입고 머리를 단정하게 빗은 키가 큰 신사가 의자 위에 올라가 열정적으로 아스날의 깃발을 흔들며 응원하는 모습이 들어왔다.

전반전이 끝났다.

고요한 웅성거림만 남은 에미레이트 스타디움의 전광판에 2:0이라는 결과가 새겨지고, 힘없이 라커룸으로 들어가는 선수들을 보는 팬들은 그저 안타까운 한숨만 내쉴 뿐이었다.

1:0으로 그나마 팽팽했던 경기는 전반 40분경 다시 노마크 찬스를 얻은 루이스 수아레즈에게 수비수인 마티유 드뷔시가 위험한 태클을 하며 패널티 킥을 내주어 2:0으로 벌어졌다.

다행스럽게 퇴장은 면한 마티유 드뷔시가 심판을 향해 격렬히 항의했고, 심판이 카드를 꺼내려 하자 노련한 메르테 자커가 빠르게 말리며 상황이 진정되었다.

하프 타임에 화장실을 오가느라 일어나는 사람들은 모두 힘없는 표정을 짓거나 불만에 찬 표정이었다.

그들을 보던 건 역시 안타까운 눈으로 고개를 숙였지만, 곧 자신을 부르는 낯선 목소리에 고개를 들었다.

"저기……."

고개를 든 건의 눈에 핫도그 박스를 어깨에 멘 어려 보이는 여성이 들어왔다.

여성은 종이에 싼 핫도그를 내밀며 다른 손으로 컵에 따른 맥주를 함께 내밀었다.

"저…… 팬으로 보이는 분이 드시라고 계산을 해주셨어요."

"아, 그래요? 어디 계신데요?"

손이라도 한번 흔들어주어 고마움을 표할 생각으로 주위를 두리번거리던 건을 본 핫도그 소녀가 손을 들어 건의 뒤편을 가리키다가 고개를 갸웃했다.

"저기, 저 뒤에…… 어? 어디 갔지?"

건이 몸을 일으켜 뒤를 보자 꽉 찬 관객들 사이 비어 있는 세 자리가 눈에 띄었다.

소녀가 살짝 당황하며 말했다.

"바, 방금까지 있었는데…… 남자 세 명이었어요. 그중 검은 장발에 선글라스를 쓴 분이 케이의 팬이라고 일행 모두에게 핫도그와 맥주를 주라고 돈을 주셨고요."

소녀의 말을 들은 건이 빈자리 주변도 살펴보았지만, 동경에 찬 눈으로 자신을 바라보는 다른 팬들만 보였다.

어깨를 으쓱한 건이 자리에 앉으며 손을 내밀었다.

"화장실에 가셨나 보네요. 어쨌든 고마워요, 혹시 나중에라도 그분들을 보게 되면 고맙게 잘 먹겠다고 전해주시겠어요?"

건에게 맥주와 핫도그를 건네준 소녀는 얼굴을 빨갛게 물들이며 황급히 다른 일행들에게도 핫도그와 맥주를 나눠주었다.

돌아가면서도 여러 번 뒤로 돌아 건의 얼굴을 훔쳐보던 소녀가 붉게 달아오른 얼굴을 매만졌다.

'와…… 가까이서 보니까 진짜 잘생겼다…….'

건이 먹으려던 핫도그를 빼앗은 병준이 자신의 손에 있던 핫도그를 내밀며 말했다.

"뭐가 들었을지 알고 그냥 먹냐? 이걸 내가 먹을 테니 내 것을 네가 먹어. 잠깐만, 내가 먼저 먹어보고 이상 없는지 확인할게."

확인한다고 보기에는 지나칠 만큼 크게 한입 베어 물은 병준이 눈을 뒤룩뒤룩 굴리며 입안에 굴러다니는 따뜻한 핫도그를 감지하다가 손에 들고 있던 맥주도 건의 것과 바꾼 후 벌컥벌컥 마셨다.

"끄어어억! 조오타! 아무 이상 없네, 먹어."

병준의 확인을 받은 건이 핫도그를 먹는 것을 지켜보던 케빈과 시즈카도 맥주를 마시기 시작할 무렵 경기장 상단 대형 TV에 글자가 떠올랐다.

웅성거리던 관객들이 손가락질을 하며 말했다.

"새로운 응원가?"

"오오, 신상인가? 일곱 개로 부족해서 또 만들었구먼?"

"크크, 그래 응원이라도 열심히 해보자고"

경기장 쪽으로 향해 있던 수많은 앰프가 일제히 느린 피아노 음을 울리자, 각자 경기에 관해 토론하거나 화장실을 오가던 사람들이 앰프 쪽으로 고개를 돌렸다.

드럼도 없이 피아노 음에 올라탄 베이스 음이 울리자 사람들의 머릿속에 비록 지고 있지만, 전반전에 피땀을 흘리며 최선을 다했던 아스날 선수들의 슈퍼 플레이들이 떠올랐다.

가만히 음악을 듣고 있던 사람들의 귀로 조금씩 빨라지는 전자 기타의 맑은 음이 울리고 대형 TV에 새로운 응원가 가사가 떠오르자, 처음 들어본 음악임에도 조금씩 따라 부르는 이가 생겨났다.

쉬운 음으로 이루어진 음악이라 그런지 곧잘 따라 부르는 사람들을 본 케빈이 웃으며 건을 돌아보았다.

"역시, 네가 만든 음악이라 그런지 쉽게 빡빡 꽂히네. 그렇지?"

아무 말 없이 웃던 건이 관객들의 변화를 지켜보았다.

튜토리얼로 틀어 준 한 곡이 모두 끝나자 대형 TV에 '모두 함께 힘차게!'라는 글이 떠오르고, 다시 처음부터 음악이 재생되자 6만 관중이 한목소리로 노래를 따라 부르기 시작했다.

Even when you are wounded and wandering and failing.

네가 수없이 상처 입고 방황하고 실패할 때도.

We always cheer for you.

우리는 언제나 너를 응원해.

So you and we will not be afraid.

그래서 너와 우리는 두려움을 느끼지 못할 거야.

옆자리에 앉은 모르는 사람들과 어깨동무를 한 아저씨들이 한 손에 든 맥주를 하늘 높이 들어 올리며 우렁찬 목소리를 내뱉었다.

Do not be frustrated if you fall!

넘어졌다고 좌절하지 마!

If you fall, you can happen again.

넘어졌다는 건 다시 일어날 수 있다는 말이야.

The only thing that can happen is someone around you.

일어날 수 있다는 건 그대의 주위에 누군가 있다는 거야.

I am by your side, stand up and look at me.

너의 곁에 내가 있어, 일어나 날 봐.

여성 관중들이 깃발을 흔들며 눈물을 흘렸다.

부디 라커룸에 있는 선수들에게 자신의 목소리가 닿길 바라는 간절한 마음으로 소리 높여 노래하는 여성들과 눈시울이 붉어져 주먹을 흔들며 노래하는 남성들의 목소리가 경기장

하늘을 수놓았다.

We love you Arsenal, we do!

우리는 아스날을 사랑한다, 우리는!

One nil, to the Arsenal.

아스날에게.

Forty-nine, forty-nine undefeated!

마흔아홉, 무패!

We're by far the greatest team

우리는 가장 위대한 팀이야.

And it's Arsenal.

그리고 그것은 아스날이다.

Arsenal FC!

아스날 FC!

스타디움 내 선수 라커룸.

평소 지고 있는 경기의 하프 타임에서는 소리를 지르고 쓰레기통을 차거나, 라커룸을 주먹으로 쳐가며 선수들에게 분발을 요구하던 아르센 뱅거 감독이 바지 주머니에 손을 넣은 채 고개를 숙였다.

그의 눈에 지친 선수들의 다리를 풀어주고 음료와 당을 충전하기 위한 초코바를 나누어주는 코치들의 모습이 들어왔다.

선수들은 조금이라도 몸의 피로를 회복하기 위해 숨을 몰아 쉬거나 초코바를 씹고 있다가 후반전 작전을 지시해야 할 감독의 지시가 없자 하나둘씩 아르센 뱅거에게 시선을 모았다.

그들의 눈빛을 받은 아르센 뱅거 감독이 힘없는 목소리로 입을 열었다.

"미…… 미안하다. 내 작전이 부족했던……."

그가 입을 여는 도중 라커룸에 설치되어 있는 TV에 불이 들어왔다.

갑자기 불이 들어오는 TV에 시선을 둔 아르센 뱅거 감독이 관중석을 비추는 화면에 시선을 고정하자 선수들도 앉아 있던 자세 그대로 고개만 돌려 TV로 시선을 옮겼다.

그들의 눈에 눈물을 흘리며 어깨동무를 하고 응원가를 부르는 관객들이 들어왔다. 얼굴에 그려진 페인팅이 다 지워지도록 눈물범벅이 된 여성 관중이 목이 터져라 노래를 부르고 있었다.

Do not be frustrated if you fall!

넘어졌다고 좌절하지 마!

If you fall, you can happen again.

넘어졌다는 건 다시 일어날 수 있다는 말이야.

The only thing that can happen is someone around you.

일어날 수 있다는 건 그대의 주위에 누군가 있다는 거야.

I am by your side, stand up and look at me.

너의 곁에 내가 있어, 일어나 날 봐.

패배감에 젖어 반복적으로 초코바를 씹고 있던 주장 메르테 자커의 턱이 멈췄다.

진중한 눈으로 화면에 비친 팬들의 모습을 보던 그가 손에 들고 있던 초코바를 서서히 내려놓고 화면에 집중하자 이야기를 나누던 일부 선수들까지 모두 TV에 비치고 있는 팬들의 모습을 지켜보았다.

한 노년 남성이 의자 위에 올라가 공식 응원 깃발이 아닌 집에서 제작한 듯한 대형 깃발을 높게 휘날렸다. 하얀 바탕에 아스날 앰블럼이 그려진 깃발에 쓰인 붉은 글이 선수들과 코치진들의 눈에 들어왔다.

내가 죽을 때까지 세계 최강의 팀은 바로 아스날이다!!

나이가 지긋한 남성은 의자에서 몇 번이나 쓰러질 뻔하면서도 깃발을 흔드는 것을 멈추지 않았다. 결국, 주위에서 보고 있던 젊은 남성들이 그의 양다리를 잡아주자 그가 화면에 손가락질을 하며 깃발을 흔드는 것이 보였다.

조금 붉어진 눈시울로 노인을 보고 있던 아론 램지가 들고 있던 이온 음료 통을 옆으로 내려두며 말했다.

"뭐…… 라고 하는 거지?"

하프 타임 동안 땀에 전 헤드 기어를 잠시 벗어두었던 페트르 체흐가 화면을 노려보다가 헤드 기어를 머리에 쓴 후 끈을 동여맸다.

"포기하지 마라. 그렇게 말하고 있다."

가장 연장자인 페트르 체흐가 헤드 기어를 쓴 자신의 머리를 양손으로 때렸다. 퍽퍽 소리가 날 만큼 힘차게 머리를 내려친 그가 주장인 메르테 자커와 눈을 마주쳤다.

이글거리는 눈으로 화면을 보던 메르테 자커의 시선이 페트르 체흐와 마주치며 파랗게 빛나는 듯했다. 메르테 자커가 고개를 돌려 라커룸의 의자에 앉아 있는 선수들과 한 명씩 눈을 마주쳐 갔다.

어떤 선수는 아직도 TV에서 출력되는 팬들의 눈물에서 눈을 떼지 못하고 있었고, 당장에라도 경기장으로 뛰쳐나가고 싶다는 듯 허벅지 근육을 꿈틀대는 선수도 보였다.

선수들의 다리를 마사지해 주면서도 TV 쪽에 시선을 고정한 채 눈시울을 붉히고 있는 코치들과 슬픈 눈으로 멍하게 TV

를 보고 있는 아르센 벵거에게로까지 시선을 이동시킨 메르테 자커가 자리에서 일어나 아르센 벵거에게로 다가갔다.

199㎝의 거구가 자신에게 다가오자 고개를 돌린 아르센 벵거가 메르테 자커를 올려다보았다.

큰 키로 자신을 내려다보던 팀의 주장이 아무 말 없이 고개를 끄덕이며 TV를 가리켰다.

포기라는 단어를 입에 올리려 했던 아르센 벵거의 눈빛이 순간 달라졌다. 예의 날카로움을 찾은 그가 팔짱을 끼고 눈을 감자 메르테 자커가 만족한 얼굴로 앉아 있는 페트르 체흐와 눈을 맞추며 웃었다.

잠시 후 눈을 뜬 아르센 벵거가 외쳤다.

"전략 보드 가져와! 모두 모여!"

몸이 달아오른 선수들이 감독의 주위로 우르르 모여들었다. 자리에 앉아서 들어도 충분했지만, 경기 시작 전 파이팅을 하듯 머리를 모은 선수들이 서로 어깨동무를 하고 아르센 벵거가 들고 있는 전략 보드에 시선을 집중했다.

"후반 전에 속도로 승부한다. 월백, 월콧, 산체스! 어때? 할 수 있겠지?"

작고 날렵해 보이는 시오 월콧이 이를 드러내고 웃으며 자신의 굵은 허벅지를 때렸다.

"물론입니다!"

장난스러운 인상의 알렉시스 산체스가 고개를 들어 TV를 보았다.

"저걸 보고 어떻게 못 한다는 이야길 해요? 이 응원가 안 들리십니까?"

어깨동무를 하느라 고개를 숙이고 있던 열 한 명의 선수와 감독이 동시에 얼굴을 들고 TV 화면을 보았다. 여전히 눈물이 범벅된 얼굴로 목이 터져라 응원가를 부르고 있는 관객들의 모습을 본 아르센 뱅거가 양옆의 선수들의 어깨에 손을 올리고 힘을 주었다.

"좋아! 나가서 저 팬들에게 부끄럽지 않은 경기를 해라!"

메르테 자커가 고개를 숙이며 큰소리로 외쳤다.

"One nil!"

어깨동무를 한 선수들이 동시에 굵고 큰 목소리로 외쳤다.

"to the Arsenal, WOW!"

큰 목소리로 외친 선수들이 잠시의 시간도 아깝다는 듯 라커룸 밖으로 뛰어나갔다. 길고 어두운 통로를 뛰어나가고 있는 선수들의 귀에 100년 동안의 시간 동안 변함없이 자신들에게 응원의 소리를 보내 주고 있는 6만 관객의 한목소리가 들어왔다.

We love you Arsenal, we do!

우리는 아스날을 사랑한다, 우리는!

One nil, to the Arsenal.

아스날에게.

Forty-nine, forty-nine undefeated!

마흔아홉, 무패!

We're by far the greatest team

우리는 가장 위대한 팀이야.

And it's Arsenal,

그리고 그것은 아스날이다.

Arsenal FC!

아스날 FC!

그들의 눈에 길고 어두운 긴 터널 끝에 자신들을 기다리는 관객들이 기다리는 빛의 공간이 보였다.

심박수 조절을 위해 천천히 구장에 모습을 드러낸 FC 바르셀로나 선수들과는 달리 전력 질주하다시피 경기장으로 뛰어나온 아스날 선수들을 본 관객들이 여전히 소리 높여 응원을 보냈다.

후반전 시작을 알리는 휘슬이 울리자, 경기를 방해하지 않기 위해 경기장에 울리던 음악 소리가 꺼졌지만, 관객들은 여전히 반복적으로 'We always cheer for you'를 불렀다.

전반전과 달리 열성적인 응원을 보내고 있는 팬들을 본 FC

바르셀로나의 주장 안드레스 이니에스타가 경기장 가운데 서서 관중석을 올려다보았다.

울고 있는 여성 팬들, 깃발을 흔들며 소리를 지르는 노년의 남성 팬, 폭죽의 하얀 연기 속에서 양팔을 들고 고함을 치는 남자들.

안드레스 이니에스타는 왠지 모를 압박감을 느껴 다리가 굳는 것을 느꼈다.

안드레스 이니에스타의 변화를 눈치챈 리오넬 메시가 센터서클로 다가와 그의 등을 툭 쳤다.

"왜 그래?"

안드레스 이니에스타가 리오넬 메시를 보며 관객석을 힐끔 본 후 맞은편 진영에서 자리를 잡고 있는 아스날 선수들을 가리켰다.

"재들 눈빛 바뀐 것 봐."

그의 말에 아스날 진영을 본 메시의 얼굴이 굳어졌다. 이글거리는 눈빛으로 공을 노려보고 있는 열한 명의 선수들을 본 그가 허리춤에 손을 올렸다.

"이거…… 하프 타임에 무슨 일이 있었던 거지?"

안드레스 이니에스타가 그의 어깨에 손을 올리며 속삭였다.

"후반전에 긴장해. 축구는 기세가 반이야."

리오넬 메시가 피식 웃었다.

"기세는 실력으로 누를 수 있어."

그가 자신에 찬 말을 던지고 자기 자리로 뛰어 돌아가는 것을 본 안드레스 이니에스타가 복잡한 표정을 지었다.

"그래, 하지만 기세가 돌려주는 의지는 실력을 뛰어넘을 때가 있지."

센터 서클 앞 킥 오프를 준비하고 있는 안드레스 이니에스타를 노려보고 있던 대니 월백이 반대편의 알렉시스 산체스을 보았다.

그 역시 이글거리는 눈빛으로 공을 노려보고 있었다. 팀의 주장인 메르테 자커가 자신의 조금 앞에 서 있는 메수트 외질의 뒤로 다가가 팔로 그의 목을 감았다.

"월백, 월콧, 산체스를 이용한다."

말을 하는 도중에도 상대에게서 눈을 떼지 않는 메르테 자커의 옆모습을 힐끔 본 메수트 외질이 살짝 고개를 끄덕였다.

허벅지 근육이 당장에라도 터질 듯 꿈틀거리는 것을 보니 그 역시 당장 경기를 시작하고 싶은 눈치였다.

젊지만 독일 대표팀으로 월드컵에 진출한 경험이 있는 메수트 외질은 흥분된 마음속에서도 침착함을 잃지 않고 공에 신경을 집중하고 있었다.

그리고 마침내 운명의 후반을 알릴 휘슬이 울렸다.

삐익!

FC 바르셀로나의 선축으로 시작된 후반전 초반은 생각과 달리 빠르게 진행되지 않았다. 왜인지 모르게 위축된 바르셀로나 선수들이 공을 수비 진영에서 돌리며 시간을 끌었기 때문이다.

하지만 후반전이 막 시작된 상황에서 공을 돌린다 해도 경기가 끝날 때까지 시간을 끌 수는 없었다.

공격적으로 나오는 세 명의 포워드들이 공을 돌리는 미드필더들을 압박하고, 2선에 있던 아스날의 미드 필더들까지 밀고 올라오자, 압박을 이기지 못한 바르셀로나의 수비수가 센터 서클 너머에 있는 미드 필더에게 길게 롱 패스를 건네주었다.

이반 라키티치가 자신에게 날아오는 롱 패스를 받기 위해 엉덩이를 낮추고 자리를 잡았다. 공의 착지점을 파악한 후 가슴으로 트래핑을 하기 위해 뛰어오르는 순간, 그의 몸이 거대한 그림자 속에 갇혔다.

갑자기 나타나 자신의 시야를 가리는 그림자에 놀란 이반 라키티치가 자신의 뒤에서 솟아오르는 머리의 주인을 보았다.

공 외에는 아무것도 보이지 않는 듯 눈을 크게 뜨고 신경을 집중한 메르테 자커가 헤딩으로 공을 걷어냈다. 바닥에 착지하며 균형을 잃은 이반 라키티치가 사력을 다한 점프 후 넘어지고 있는 메르테 자커를 보며 외쳤다.

"수비!"

메르테 자커의 공이 아론 램지에게 연결되자 바르셀로나의 미드 필더들이 수비 진영으로 돌아가기 위해 몸을 돌렸다.

하지만 아론 램지는 단 한 번의 트래핑도 없이 논스톱 패스로 전방에 스루패스를 찔러 넣었다. 패스가 너무 길었는지 아무도 없는 수비수 사이의 공간으로 날카롭게 들어간 패스는 멀리서 빠르게 달려가는 메수트 외질에게 겨우 연결되었다.

간발의 차로 달려온 수비수보다 한 발짝 빠르게 공을 차지한 메수트 외질이 수비수를 제치기 위한 단 한 번의 트래핑 후 즉시 전방으로 패스를 날렸다.

바르셀로나 수비수들이 자신들의 키를 넘는 패스에 당황할 때 작은 그림자 셋이 전방으로 튀어나가고 있었다. 그것을 본 제라르 피케가 수비수들에게 고함을 쳤다.

"라인이 무너졌다! 각자 붙어!"

수비수 중 그나마 키가 작고 빠른 축에 속한 하비에르 마스체라노가 왼발로 볼 트래핑을 하며 앞으로 치고 달리는 대니 월백에게 붙었다. 하지만 월백은 그와 승부할 생각이 없는지 사선 패스로 페널티 에어리어 근처로 공을 배달했고, 제라르 피케가 놓친 시오 월콧이 논스톱 슈팅을 날렸다.

뻥!

경기장에 공이 찢어지는 듯한 굉음이 울리자 6만 관객들이 동시에 일어났다.

"Goal!"

골을 넣은 시오 월콧이 양팔을 벌리고 주먹을 흔들며 대니 월백에게 뛰어갔다.

기쁜 얼굴로 달려가는 그와 달리 대니 월백은 무서운 표정으로 바르셀로나 선수들을 노려보고 있었다.

세레모니를 하려던 시오 월콧이 그의 앞에 다다른 후 하려던 세레모니를 멈추고 함께 서서 상대를 노려봤다.

그의 바로 앞에 서 있던 제라르 피케가 고개를 절레절레 흔들며 자리로 돌아가는 것을 본 월콧이 골키퍼 뒤에 굴러다니고 있는 공을 들고 센터 서클로 뛰었다.

기쁨에 찬 아스날 선수들이 양팔을 들고 환영했지만, 그 누구도 월콧에게 다가오지 않고 각자 자신의 자리를 지켰다.

빨리 경기를 재개하자는 듯한 아스날 선수들을 본 바르셀로나 선수들이 기가 질리는지 그들과 눈을 마주치지 못하고 자기들끼리 이야기를 나누었다.

"뭐야, 도대체 무슨 일이 있었던 거지?"

어깨를 으쓱하며 아스날 선수들을 힐끔거리는 수비수, 이글거리는 눈으로 자신을 노려보는 상대에게서 눈을 돌리는 선수들, 이해되지 않는다는 표정으로 수비수들에게 고함을 치는 제라르 피케.

끊임없이 사이드 라인에서 손짓 발짓을 하며 작전 지시를 하는 에르네스토 발베르데 감독도 당황하기는 마찬가지였다.

단지 한 골을 준 수준이 아니라 경기의 분위기 자체가 달라졌기 때문이다. 게다가 후반전 시작 11분 만에 터진 골이었기에 언제 다시 골이 터질지 몰랐다.

골이 터짐과 동시에 옆자리에 앉은 사람들과 얼싸안고 기쁨을 나누던 팬들의 눈에 홈 경기임에도 세레모니를 생략하고 경기 재개를 준비하는 선수들이 들어오자 그들 역시 다시 비장한 얼굴로 경기장을 보았다.

깃발을 흔들다가 골이 터짐과 동시에 깃발을 내던지고 양팔을 들어 올렸던 노인의 입이 열렸다.

Even when you are wounded and wandering and failing.

네가 수없이 상처 입고 방황하고 실패할 때도.

시선을 경기장에 두었던 주변 팬들이 노인의 쉬어 터진 목소리를 듣고 함께 입을 열었다.

We always cheer for you.

우리는 언제나 너를 응원해.

So you and we will not be afraid.

그래서 너와 우리는 두려움을 느끼지 못할 거야.

경기장 한켠에서 시작된 노래는 금방 경기장 전체에 울려 퍼졌다.

아무도 소리를 지르고 고함치지 않았다. 단지 가만히 서서 선수들에게 자신들의 마음이 전달될 수 있도록 비장한 표정으로 노래할 뿐.

경기장의 변화를 눈치챈 케빈이 혼이 나간 얼굴로 건을 돌아보았다. 이런 응원가를 만들어 낼 수 있는 건에 대한 놀라움이 번진 얼굴로 탄성을 지르려던 케빈이 가만히 관객석을 보며 입만 웃고 있는 건의 눈빛을 보았다.

입은 웃고 있었지만, 눈으로는 끊임없이 관객의 반응을 살피는 건을 본 케빈이 시즈카 쪽으로 몸을 숙이며 낮게 말했다.

"케이 봐."

케빈이 말을 듣기 전부터 건을 살피고 있던 시즈카 역시 작게 고개를 끄덕이자 케빈이 건에게서 눈을 떼지 않으며 속삭였다.

"무슨 음악 연구의 실험을 6만 명한테 하냐, 점점 인간계에서 벗어나고 있는 거 아냐, 이거?"

시즈카 역시 케빈 쪽으로 몸을 숙이며 속삭였다.

"기회가 날 때부터 지금까지 한 번도 팔을 휘두르거나 고함을 치지 않았어요, 가만히 관객들과 선수들의 움직임을 살필 뿐이었죠."

경기를 보고 있던 케빈과 달리 건의 반응을 우선적으로 보고 있던 시즈카의 말을 들은 케빈이 턱을 쓰다듬으며 고개를 끄덕였다.

"칫, 천재는 이해할 수 없어."

에미레이트 스타디움의 지붕 위, 낮 경기였지만 경기장 일부에 그림자가 드리워지지 않도록 모든 조명이 켜져 있었다.

♪♪♩

대형 조명 바로 아래의 지붕에 세 명의 남자가 앉아서 맥주를 들어 올렸다.

금발의 파이몬이 맥주를 높게 들어 올리며 외쳤다.

"와하하하! 역시 우리 아이!"

양반 다리를 하고 팔짱을 끼고 있던 암두시아스가 불만스러운 눈으로 파이몬을 보았지만 지은 죄가 있는지라 말은 하지 못하고 속으로 말을 삼켰다.

'가마긴 각하의 아이지, 네 아이냐? 그리고 이건 내 능력이라고!'

속으로 불만에 찬 말을 삼키면서도 파이몬이 내민 맥주잔에 건배를 하고 있는 암두시아스였다.

맥주 한 모금을 마시며 가마긴에게로 시선을 돌린 암두시아스가 그의 눈치를 보자 조용히 앉아 건을 내려다보고 있던 가마긴이 시선을 거두지 않으며 말했다.

"이 곡, 아직 한계를 넘지 않은 곡인가?"

가마긴이 한계에 대해 언급하자, 가마긴이 자신이 건을 따라 다니며 했던 말까지 알고 있다는 것을 알아챈 암두시아스의 등에 식은땀이 흘렀다.

"아…… 예, 아직은 그렇습니다."

가마긴이 팔꿈치를 허벅지에 대고 턱을 괴었다.

"네 가지 감정까지가 인간의 한계라고 했었지?"

암두시아스가 경기장으로 고개를 돌린 후 말했다.

"예, 맞습니다. 인간의 기준으로 역사에 남은 음악가나 화가들, 예술가들은 죽기 전 미완의 작품 하나를 남기게 되죠. 늙어서 죽든, 젊은 나이에 요절하든 그들이 남긴 마지막 작품은 인간 기준의 한계를 넘은 것들입니다. 그래서 미완으로 남게 되죠. 우리 악마들뿐 아니라, 천사들까지 그것을 막아내고 있으니까요."

맥주를 마시던 파이몬이 작게 트림을 하며 물었다.

"한계를 넘으면 어떻게 되는데?"

암두시아스의 눈이 6만 관객 중 정확히 건을 바라보았다. 진중한 표정으로 관객들을 살피고 있는 건의 모습을 본 암두시아스가 가마긴과 파이몬의 눈치를 보며 나직한 한숨을 쉬었다.

"처리될 겁니다. 천사, 혹은 악마들에게."

파이몬이 자신의 얼굴을 짝 소리 나게 치며 하늘을 노려보았다.

"악마들은 커버 가능하고…… 천사들을 막아야겠군. 후훗, 덤벼."

가마긴이 선글라스를 벗고 암두시아스를 보았다.

그의 푸른 눈과 마주친 암두시아스가 살짝 몸을 떨었다.

잠시 그를 보던 가마긴이 물었다.

"처리된다? 왜지?"

암두시아스가 그의 강한 눈빛을 받고 몸을 덜덜 떨자 파이몬이 말했다.

"가마긴 각하, 아무리 고위 악마라도 이놈은 72 악마에 겨우 이름을 올리고 있는 놈이란 말입니다. 그리 보시면 어찌 대답한답니까?"

가마긴이 다시 선글라스를 쓰며 고갯짓을 했다.

"아, 미안하네. 말해보게."

가마긴의 눈이 가려지자 그제야 조금씩 안정을 되찾은 암두시아스가 여전히 떨리는 목소리로 말했다.

"네 가지 감정까지 가능했던 음악가는 인간의 역사상 열을 넘지 않습니다. 그들이 음악에 다섯 개의 감정을 실어내는 순간, 그것을 들은 인간들을 움직일 수 있습니다."

가마긴이 눈썹을 꿈틀했다.

"움직인다? 무슨 의미이지?"

"마, 말 그대로입니다. 음악을 만든 이가 의도한 대로 인간을 움직이는 것이 가능합니다. 예를 들면 전쟁을 일으킨다거나, 혹은 반대로 막는다거나. 누군가 자신을 사랑하게 만든다거나, 혹은 미워하게 하거나. 심하면 인간들끼리 서로 죽이도록 지시할 수도 있지요."

파이몬이 어깨를 으쓱하며 휘파람을 불었다.

"악마나 천사에 가까워진다는 뜻이야?"

암두시아스가 진중한 눈으로 고개를 끄덕였다.

"반신(半神)의 경지에 들어가게 되는 것입니다. 그렇기에 악마들에게도, 천사들에게도 경계의 대상이 되지요. 인간계에서 진행하던 자신의 일들에 변수가 되니까요."

가마긴이 앉은 자세 그대로 팔짱을 꼈다.

"변수라…… 그럼 지금 아이의 주위에 있는 천사들도 이 사실을 알고 있겠군."

가마긴의 눈치를 본 암두시아스가 조용히 고개를 끄덕이자 파이몬이 피식 웃으며 말했다.

“해보라고 하지요, 우리도 가만 안 있을 테니.”

암두시아스가 답답하다는 눈으로 말했다.

“천사들이 문제가 아닙니다. 최상위 악마들이 가만히 있겠습니까? 가마긴 각하보다 위 서열들이 움직이면 어찌하시렵니까?”

파이몬의 얼굴이 심각하게 변했다.

“으음…… 바알, 아가레스, 바싸고……. 이 셋이 문제인데…….”

가마긴이 고개를 저으며 말했다.

“바알은 괜찮아. 뒤에서 몰래 딴짓하는 성격은 아니니까, 아가레스는 아이에게 정신 공격을 해 부도덕한 의식을 심어 자신의 뜻대로 움직이는 것만 막아내면 된다. 비싸고는 온화한 성격이라 그런 일이 있으면 아마 내게 먼저 논의하러 올 게야. 그 셋보다는 차라리 구시온이 문제다.”

파이몬이 얼굴을 일그러뜨리며 주먹을 쥐었다.

“원숭이 자식! 그놈은 제가 맡지요.”

“방심하지 마라, 서열은 너보다 아래지만 그건 무력을 말하는 것이야, 머리가 뛰어난 녀석이니 어떤 일을 벌일지 알 수 없다.”

“후후, 그렇지만 건망증이 심한 녀석이기도 하지요, 속이거나 눈을 가리는 것이 안 되면 무력으로 제압하겠습니다.”

가만히 그들의 말을 듣고 있던 암두시아스가 말했다.

"천사들은 어쩌실 겁니까?"

가마긴이 선글라스를 벗고 하늘을 올려다보았다. 청명한 하늘에 겨울 구름이 떠가는 것을 보며 그가 나직이 말했다.

"미카엘과 담판을 지어야겠지."

"미카엘과 합의를 보면 되는 겁니까?"

아직 미심쩍은 얼굴을 한 암두시아스의 등을 툭 친 파이몬이 웃었다.

"그놈들이 악마냐? 말 안 듣는 악마 녀석들과 그놈들은 다른 종족이라고, 미카엘이 합의하면 그걸로 끝이야. 그러니 걱정은 합의가 안 된 후에나 하자고. 어엇! 저거 봐라!"

파이몬의 말에 세 악마의 시선이 일제히 경기장으로 향했다. 경기장을 꽉 메운 관중들이 일제히 일어나며 붉은색과 하얀색의 물결이 번졌다.

♪♪♩

"Goal!"

상대편 골대 우측 코너로 뛰어가 점프를 하며 한 손을 공중으로 들어 올리고 포효하는 것은 알렉시스 산체스였다.

"으와와와와! 내가 해냈다!"

알렉시스 산체스가 환호를 하며 펄쩍펄쩍 뛰는 관객들에게로 뛰어들어 가자, 관객들은 기쁨의 고함을 질렀다.

"해낼 줄 알았어! 믿었다고, 산체스!"

"넌 우리들의 영웅이야!"

"최고야, 최고라고!"

스코어 2:2가 되자 관객들을 관찰하고 있던 건이 양팔을 번쩍 들어 올리며 환하게 웃었다.

"그래! 그거야!"

동점이 되어서야 기뻐하고 있는 건을 본 케빈이 그의 목을 조르며 올라탔다.

"이 자식! 너 도대체 뭐야! 이 괴물 자식!"

시즈카 역시 기쁜 표정으로 만세를 불렀다.

"이제 동점이에요!"

케빈이 시즈카와 하이파이브를 하며 말했다.

"아직 1차전이라, 2차전이 남아 있어, 그건 바르셀로나 홈 경기니까 좀 어렵겠지만 FC 바르셀로나와의 경기에 비겼다는 건 아스날이 더 높이 날아오를 준비가 되었다는 거지!"

케빈에 의해 헤드락이 걸린 건이 미소를 지으며 말했다.

"아직 후반 34분이야, 시간은 아직 11분이나 남았다고."

"엉? 아스날이 이기기라도 한다는 거야?"

"후후, 글쎄 그건 모르지. 하지만 아직 무승부로 속단하기는 이르다는 거야."

"이 욕심쟁이! 지금만으로도 엄청난 거라고!"

"하하, 알았어. 이거 놓고 말해."

흥분한 병준이 다 마신 맥주 컵을 바닥에 집어 던지며 말했다.

"내가 쏜다! 맥주 더 가져와!"

벌써 네 잔의 맥주를 마신 병준은 얼굴이 벌겋게 달아올라 있었다.

그런 병준을 보며 웃던 건이 문득 관중석에서 펄쩍펄쩍 뛰며 기뻐하는 관객들을 보다가 말했다.

"형, 6만 명한테 맥주를 사면 얼마나 나올까요?"

"뭐?"

얼빠진 표정으로 건을 보던 병준이 반사적으로 계산을 했다.

"맥주 한 잔에 8파운드니까…… 미국 달러로 10달러 34센트…… 곱하기 6만이면…… 62만 400달러쯤? 한화로 따지면 7억쯤 되겠네. 휘유, 엄청 많구나."

시즈카가 불안한 눈으로 건을 보았다.

"설마…… 케이. 맥주값으로 7억을 쓸 생각이에요?"

케빈 역시 놀란 눈으로 건을 보자, 그가 미소를 지으며 말했다.

"이 경기로 내가 얻은 건 7억보다 값진 거니까. 병준이 형 부탁드려요."

가만히 건을 보던 병준이 술기운에 그랬는지 호쾌하게 자리에서 일어났다.

"좋아! 언제 6만 명한테 술을 사보겠냐! 그래, 그럼 내가 처리하고 오지! 기다려!"

호기롭게 자리에서 일어난 병준이 경기장 밖 매점으로 향했다. 동양인 관객도 많이 찾아오기에 별로 생소하지 않은 얼굴로 인사를 건넨 여자 종업원이 말했다.

"안녕하세요, 무엇을 드릴까요?"

병준이 두리번거리며 물었다.

"혹시 매니저님 안 계신가요?"

갑자기 나타나 매니저를 찾는 병준을 본 여자 종업원이 불안한 눈빛을 보냈다. 경기장 내에서 판매를 하고 있는 사원들이 관객들에게 실수하는 경우 항의를 하기 위해 찾아오는 경우가 종종 있었기 때문이다.

"저…… 무슨 일로 그러시는지……."

병준이 밝은 얼굴로 말했다.

"아, 맥주 좀 사려고요."

"예? 맥주는 여기서 그냥 주문하시면 되는데요."

병준이 판타지오의 실장 이상 급에게 발급되는 블랙 체크카드를 꺼냈다. 한도가 있는 신용 카드와 달리 들어 있는 금액만큼 무제한 결제가 가능한 카드를 손에 든 병준이 씨익 웃었다.

"맥주 6만 잔인데요?"

종업원은 순간 그의 말을 알아듣지 못하고 멍한 표정을 짓다가 머뭇거리며 물었다.

"네…… 60잔이요?"

"아니요, 6만 잔이요."

"네에에에에?"

병준이 블랙 카드를 종업원 앞에 내려놓으며 말했다.

"맥주 6만 잔, 케이가 사는 겁니다."

멍한 표정으로 검은 카드를 내려다보던 여종업원이 뒷걸음질을 쳤다.

"매, 매니저님을 불러올게요!"

혼비백산한 매니저가 슬리퍼도 없이 맨발로 뛰어나왔고, 7억이란 엄청난 금액을 일시불로 결제한 병준이 피식 웃었다.

'내 인생에 7억 일시불을 긁는 날도 오는구나, 크하하 기분은 죽이네.'

결제를 마친 병준이 서비스라며 매니저가 한 보따리 싸준 음식물을 들고 복도를 걸었다.

"으와와와와와!"

에미레이트 스타디움이 무너질 듯한 함성을 들은 병준의 걸음이 빨라졌다.

멀리 보이는 경기장 입구까지 뛰어간 병준이 전광판을 보고 들고 있던 음식물을 바닥에 떨어뜨렸다.

"겨, 결국 여, 역전했어?"

그의 눈에 FC 바르셀로나의 골대 앞에 쓰러져 주먹을 들고 있는 메르테 자커와 그의 몸 위로 뛰어올라 깔아뭉개고 있는 아스날 FC의 선수들이 들어왔다.

입구 주변의 팬들이 발광하며 외쳤다.

"봤어? 방금 봤어?"

"그래! 역시 우리 주장이야!"

"오버 래핑이라니! 인저리 타임이라고 하지만 최종 수비수인 메르테 자커가 올라와서 헤딩할 거라고 누가 생각했겠어! 이겼다, 이겼어! 우리가 FC 바르셀로나를 이겼다고!"

경기장에 축포가 쏘아 올려졌다. 남은 시간이라고 해 봐야 20초도 남지 않았기에 아스날의 역전승이 굳어지는 순간이었다.

환희에 찬 팬들이 주먹을 부르르 떨며 눈물을 흘렸다. 서로 얼싸 부둥켜안은 관중들이 목이 터져라 아스날의 구호를 외쳤다.

We love you Arsenal, we do!

We love you Arsenal, we do!

We love you Arsenal, we do!

Oh Arsenal, we love you!

마지막 골이 나오는 순간 자기도 모르게 옆에 앉아 있던 건에게 와락 안긴 시즈카가 눈물을 보였다.

기뻐하며 몸을 일으키던 건이 안겨오는 시즈카를 보며 당황하다가 이내 그녀의 등을 두드려 주었다.

진정될 기미가 보이지 않던 관객 중 한 명이 전광판을 가리켰다.

"으와! 저거 봐!"

관객들의 시선이 경기장 상단에 있는 대형 전광판에 떠오른 글씨로 모였다.

[케이가 쏜다! 모든 관객에게 맥주 한잔 씩!]

"으아아아아아! 드디어 나도 케이가 사는 맥주를 마셔 보는구나!"

"헉! 6만 명한테 맥주를 사면 도대체 얼마를 내야 하는 거야?"

"거의 50만 파운드 정도는 되는 거 아니야?"

"헉! 50만 파운드면 내 10년 연봉보다 많잖아. 대박, 엄청 통 크다 진짜!"

"와하하! 기쁘다, 기뻐서 미쳐 버리시겠다! 마셔라! 부어라!"

경기 재개를 알리는 휘슬 소리가 울려 퍼지고 경기장에 자리를 잡은 바르셀로나 선수들이 경기를 포기했는지 센터 서클에 놓인 공을 아스날의 골대로 뻥 차버렸다.

헤드 기어를 쓴 페트르 체흐의 손에 공이 잡히는 순간 경기 종료를 알리는 휘슬이 울리고, 경기장은 그야말로 축제였다.

"와아아아아! 이겼다!"

"우리가! 우리가! 진짜 바르셀로나를 이긴 거야? 믿어지지 않아!"

"대박! 대박! 내 인생 이런 경기를 볼 수 있는 날이 오다니!"

"오늘 아무도 집에 못 가! 전부 우리 집으로 모여! 내가 쏜다!"

아스날의 선수들이 일렬로 서 관객석으로 뛰어와 손을 흔들었다. 마지막 골을 결정지은 메르테 자커를 시작으로 선수들의 눈에 눈물이 흐르기 시작했다.

자신들의 인사에 환호를 보내 주던 팬들이 자리에서 일어나 기립 박수를 치기 시작했고, 곧 6만 관객 중 바르셀로나 팬들까지 일어나 박수를 보내주었다.

언제나 사랑을 보내 주는 팬들을 돌아본 메르테 자커가 주먹을 불끈 쥐고 손을 하늘 높이 들어 올렸다.

"감사합니다! 고맙습니다! 사랑합니다!"

경기가 끝났지만, 관객들은 누구 하나 자리를 벗어나지 않았다. 아직 경기장에서 흥분을 삭히지 못한 선수들이 여전히 손을 흔들며 인사하고 있었다.

오십여 명의 직원들이 건이 산 맥주를 부산하게 나눠주고 있었지만 6만 관객에게 모두 나누어주기에는 시간이 필요했기 때문이었다.

6만 명에서 몇백 명이 조금 넘는 관객이었지만 기록적인 매출을 올린 아스날 구단에서는 모든 관객에게 핫도그를 한 개씩을 돌렸다.

먼저 받은 관객들이 맥주를 마실 만도 했지만, 그들은 모두에게 맥주가 돌아가길 기다렸다.

간혹 먼저 맥주 한 모금을 마시는 중년 남성들도 있었지만, 주위 사람들의 시선을 느끼고 조용히 맥주를 내려놓았다. 마침내 모두에게 맥주가 돌아가자 경기장 전광판에 다시 글이 떠올랐다.

[맥주는 케이가, 핫도그는 아스날이 쏩니다!]

전광판에 떠오른 글을 보는 순간 경기 중 역전을 했을 때보다 더 큰 함성이 경기장을 가득 메웠다. 다시 직원들이 우르르 뛰어나와 종이에 싼 핫도그를 정신없이 나누어주었다. 심지어 경기장 가운데에서 관객들에게 손을 흔들고 있는 선수들에게까지 핫도그와 맥주가 전해졌다.

경기 직후 술을 마실 경우 몸에 문제가 생길 수 있기에 맥주는 마시지 않았지만, 핫도그를 입에 문 선수들이 코너 근처의 관객석에 기어 올라가 주먹을 흔들자 관객들이 다시 환호하기 시작했다.

자신의 손에 맥주와 핫도그를 쥐여주고 돌아가는 직원의 뒷모습을 우두커니 보던 아르센 뱅거 감독이 양손에 쥔 음식물을 물끄러미 보았다.

'무엇이 달랐을까? 전략, 전술, 심지어 선수까지 전 후반이 같았다. 그런데 무엇이 우리를 변화시킨 거지?'

아르센 뱅거가 고개를 들고 관객들을 바라보았다. 천천히 몸을 돌려 제자리에서 한 바퀴를 돌며 관객을 보던 아르센 뱅거가 어느 지점에서 몸을 멈췄다.

그의 눈에 시즈카, 케빈과 건배를 하고 있는 건의 모습이 들어왔다.

복잡한 눈으로 건을 보던 아르센 뱅거가 생각에 잠겼다.

'음악, 내가 그리 천시하던, 음악으로 무엇을 할 수 있냐고 말했던 그 응원가. 그것이 관객의 마음을 움직였다, 그리고 그 마음은 의지로 변해 우리 선수들과 나에게 전해졌다. 이것이 음악의 힘…….'

아르센 뱅거의 다리가 움직였다. 양손에 맥주와 핫도그를 쥔 그가 VIP석 쪽으로 걸어오자 관객들이 일어나 기립 박수를 보냈지만, 관객들을 보지 않고 오직 건에게 시선을 주고 있던 아르센 뱅거가 광고 판넬 앞까지 다가오자 판넬 앞을 지키고 있던 볼보이가 주춤주춤 물러났다.

그가 비켜선 자리에 선 아르센 뱅거가 앉아 있는 건을 내려다보았다. 인세에 보기 힘든 미모를 가진 미소년이 자신을 보고 환하게 웃었다.

살짝 미소를 지은 그가 건에게 맥주잔을 내밀었다.

"Cheers."

그가 내민 맥주잔을 보던 건이 자리에서 일어나 크게 잔을 부딪쳤다.

"축하합니다, 감독님!"

두 사람의 맥주잔이 부딪히며 바닥에 맥주 거품이 흩어졌다. 기자들이 기다렸다는 듯 두 사람이 맥주잔을 마주치는 광경 쪽으로 셔터를 눌러대고 수많은 플래시 불빛 속에 선 아르센 뱅거가 마치 주위에 아무도 없는 사람처럼 나직하게 말했다.

"음악의 힘. 이것이 바로 케이라는 뮤지션이 만들어내는 음악의 힘이군요. 인정합니다, 그리고 감사합니다."

눈을 동그랗게 뜨고 건과 아르센 뱅거를 번갈아 보던 케빈이 자신도 건배를 하게 해달라는 듯 잔을 내밀었지만 아르센 뱅거는 이미 뒤돌아선 후였다. 사라지는 그의 모습을 보고 있던 건의 입가에 진한 미소가 매달렸다.

경기장 꼭대기의 VIP실.

주먹을 불끈 쥔 일리셰르 우스마노프가 테이블에 놓인 샴페인을 잔에 넘치도록 따르며 웃었다.

"으하하하! 봤나? 봤어?"

긴장이 풀린 듯 소파에 축 늘어진 스탠 크론케가 그가 넘겨주는 샴페인 잔을 받은 후 들어 올렸다.

"이번엔 자네가 이겼군, 인정하네."

"으하하하, 이사회에서 이걸 인정할지는 모르지만 어쨌든 결과가 좋으니 더 이상 압박은 없겠지?"

스탠 크론케가 씨익 웃으며 샴페인을 한 모금 마셨다.

"압박하는 놈이 있다면 이번엔 내가 막아주지."

"크크, 좋아."

"그나저나 금을 모으고 있다고? 좋은 정보라도 있는 건가?"

스탠 크론케가 아무렇지도 않게 던진 말에 눈에 띄게 몸이 굳어버린 일리셰르 우스마노프가 말을 더듬었다.

"어…… 그, 그게. 투자 목적이긴 한데……."

돈 냄새를 귀신같이 맡는다는 스탠 크론케가 고개를 갸웃거렸다.

"금값이 오른다는 정보는 못 들었는데, 자넨 어디서 정보를 얻은 거지? 어디 전쟁이라도 난다는 정보라도 있는 건가?"

일리셰르 우스마노프가 우물쭈물하며 말했다.

"아…… 그건 아니고, 음 자네니까 말해주는 건데…… 자네도 착한 짓으로만 재산을 모은 건 아니잖나?"

스탠 크론케가 잔을 들며 입술을 삐죽 내밀었다.

"착한 부자도 있는가? 아, 돈을 착하게 쓰면 착한 부자겠군, 하지만 그건 적당히 벌어들인 놈들에게나 해당하는 말이지 우리 같이 상위 1%의 부자들에게 해당하는 말은 아니지 않나?"

일리셰르 우스마노프가 주위를 돌아보며 말을 꺼냈다.

"그게…… 자, 자네도 금을 좀 모아 두는 것이 좋을 거야…… 왜냐하면 말이야…… 그…… 헉!"

주위에 듣는 사람이 없는지 확인하며 말을 꺼내던 일리셰르 우스마노프가 경기장 지붕 위에서 자신을 노려보고 있는 사람을 보고 그대로 굳었다.

그의 반응에 스탠 크론케가 그의 반응에 창밖을 보았다. 아직 맥주를 마시며 축제를 즐기고 있는 관객들 외에 별 이상한 점이 없는 것을 본 스탠 크론케가 다시 일리셰르 우스마노프에게 시선을 던졌다.

"왜 그러나?"

일리셰르 우스마노프가 뒷걸음질을 쳤다. 순식간에 온 얼굴을 식은땀으로 물들인 그의 눈에 경기장 맞은편 지붕에 앉아 자신을 노려보고 있는 파이몬이 들어왔다.

금발 미소년의 얼굴은 너무나 아름다웠지만 차갑고 깊은 눈은 마치 자신의 눈앞에 맹수 한 마리가 있는 것 같은 느낌을 주었다.

얼굴도 잘 보이지 않는 거리에 있지만, 그가 자신을 보고 있음을 또렷하게 인지한 일리셰르 우스마노프가 뒤로 넘어졌다. 그의 손에 있던 샴페인 잔이 깨지며 바닥을 적시자 밖에서 대기하고 있던 경호원들이 문을 벌컥 열었다.

"무슨 일이십니까?"

경호원이 바닥에 넘어진 일리셰르 우스마노프를 일으켜 세운 후 손목의 무전기에 입을 댔다.

"여기, 청소가 필요하니 사람 좀 보내주세요. 괜찮으십니까, 일리셰르 우스마노프 씨?"

경호원에게 부축을 받으면서도 창밖으로 시선을 고정하고 있던 일리셰르 우스마노프가 더듬거리며 말했다.

"괘, 괘, 괜찮습니다."

스탠 크론케가 인상을 찌푸리며 자리에서 일어났다.

"자네 무슨 일 있나? 뭐가 두려워 그러는 거야? VIP실 문밖에 있는 경호원만 삼십 명이네. 웬만한 마피아들이 쳐들어와도 몸을 피할 수 있는 인력이 있는데 뭐가 두려워 그러는 거야?"

혼이 나간 듯 창밖에 시선을 고정하고 있던 일리세르 우스마노프가 떨리는 목소리로 입을 열었다.

"……없어."

스탠 크론케가 이맛살을 찌푸리며 말했다.

"뭐가 없다는 건가?"

일리세르 우스마노프가 자신을 부축하고 있던 경호원을 뿌리치며 외쳤다.

"지킬 수 없다고! 이런 경호원들 천 명이 와도 저 사람에게서 날 지켜줄 순 없다고!"

"아니, 일리세르! 저 사람이 도대체 누군가? 정신 좀 차리고 이야기해 보게!"

"놔! 놔! 지, 집으로…… 도, 돌아갈 거야!"

방을 나서는 동안 두 번이나 발을 헛디딘 일리세르 우스마노프가 방 밖으로 사라지자 혼자 남은 스탠 크론케가 어이없는 표정으로 일리세르 우스마노프가 바라보던 지붕 위를 바라보았다.

어둑어둑해지는 저녁에 환하게 빛나는 조명 외에는 아무것도 없는 지붕에 시선을 던진 스탠 크론케가 인상을 썼다.

♪♪♩

아스날의 홈 경기장에서 그리 멀지 않은 프리미엄 인 런던 엔젤 이즐링턴 호텔(Premier Inn London Angel Islington)의 스위트 룸.

넓고 하얀 벽지에 하얀 대리석 바닥을 가진 거대한 방에 혼자 앉은 린이 창밖으로 들려오는 에미레이트 스타디움의 함성을 듣고 있었다.

소파에 앉아 길게 기른 손톱으로 소파의 팔걸이를 긁던 린의 표정이 일순 바뀌었다. 그녀가 고개를 돌려 불이 꺼져 어두운 방을 보며 입을 열었다.

"미카엘 님의 전언은 가져오셨습니까, 레미엘(Remiel) 님?"

어둠 속에서 빛나는 눈 한 쌍이 떠올랐다.

눈을 깜빡이는지 빛이 사라졌다 생기는 것을 반복하던 눈빛이 고운 목소리로 말했다.

"아직 결정하지 못하셨습니다, 우리엘(Uriel) 님."

우리엘이라 불린 린이 미소를 지었다.

"그 이름으로 불리는 것도 오랜만이군요."

어둠 속의 눈 한 쌍이 그녀의 몸을 위아래로 보며 말했다.

"인간치고는 아름다운 몸이로군요, 언제부터 그 아이의 몸에 계셨습니까?"

린이 자신의 몸을 내려다본 후 백에서 지갑을 꺼내 사진 한 장을 꺼냈다.

오래된 사진이었지만 컬러로 인화된 사진 속에 동양인 아주머니 한 명이 작은 꼬마 여아를 안고 있는 사진을 본 린이 사진 속 아주머니를 어루만지며 말했다.

"아이가 열 살 때였습니다. 건이라는 아이에게 가마긴이 접근한 직후, 미카엘 님의 명령에 의해 들어왔죠. 이 몸으로 그 아이를 기다려 왔고, 앞으로도 함께해야 하니 천사의 몸으로 돌아가기 위해서는 조금 더 오랜 시간이 필요할 것 같습니다."

어둠이 침묵하자, 린이 사진을 옆으로 치워두고 말했다.

"레미엘 님의 몸은 어디에 있습니까?"

"미국의 집에서 자고 있습니다."

"그러시군요, 레미엘 님은 그 몸에 들어가신 지 오래 지나지 않으셨죠?"

"그렇습니다, 오 년 정도 지났군요."

"미카엘 님께서 고민하고 계시는 부분은 무엇입니까?"

어둠 속에 떠오른 눈빛이 살짝 흔들렸다.

그를 본 린이 살포시 웃었다.

"레미엘 님도 아이를 좋아하는 마음은 저와 같으시니 아이가 걱정되나 보군요."

두 쌍의 눈이 조용히 감겼다.

"미카엘 님의 전언을 전합니다."

린이 자리에서 일어나 바닥에 무릎을 꿇고 앉아 머리를 조아리자 어둠 속에 눈이 떠지며 하얀빛을 토해냈다. 넓은 스위트룸이 윙윙 울리는 큰 목소리가 큰 방을 가득 메웠다.

"구시온을 주시하라, 그리고 아이를 지켜라."

바닥에 꿇어앉은 린의 고개가 더욱 숙여졌다.

"세상을 관장하시는 그분의 오른팔, 미카엘 님의 전언을 받았습니다. 모든 것은 그분의 뜻대로."

공간을 타격하던 소리가 점점 사라져갈 때쯤 고개를 든 린이 아직 어둠 속에 남아 있는 두 쌍의 눈을 보며 말했다.

"마지막 아이를 만날 때가 다가왔군요. 준비는 되어 있습니까?"

어둠 속 눈동자가 눈웃음을 지었다.

눈밖에 보이지 않지만, 무척 고와 보이는 눈이 말했다.

"지장 없이 준비되고 있습니다."

자리에 앉아 있던 린이 일어난 후 창밖으로 보이는 에미레이트 스타디움을 보았다.

"키스카, 시즈카, 케빈, 그리고 마지막에 만날 그 아이까지…… 그것이 완성되면 구시온이 눈치챌 것입니다. 우리는 그 때를 대비해야만 합니다."

린과 어둠 속의 눈빛이 서로 눈을 맞추며 고개를 끄덕였다.

◈ 2장 ◈

시계를 만드는 남자(1)

탁탁탁탁탁.

린이 묵고 있는 프리미엄 인 런던 엔젤 이즐링턴 호텔 앞 도로.

한 남자가 소중히 감싸 안은 손바닥만 한 검은 박스를 들고 미친 듯이 뛰어가고 있었다.

길을 걷던 사람들이 달려오는 남자를 보고 길을 비켜섰고, 건널목의 신호등도 무시하고 달리는 남자 덕에 급브레이크를 밟은 차들이 서며 욕설을 터뜨렸다.

끼이이익!

"야! 죽고 싶어?"

"죄송! 죄송합니다!"

사과를 하는 둥 마는 둥 한 남자는 뛰는 것을 멈추지 않았다. 짧고 검은 머리를 한 남자는 흑인이었고, 꽤나 미남이었다.

베이지색 코트를 입고 하얀 셔츠에 검은 슬랙스를 입은 남자의 이름은 아더 호지슨. Birmingham City 대학의 Horology BA 시계학 전공으로 학사 학위를 얻은 지 1년이 막 지난 시계 전문가였다.

아더가 발걸음을 멈추지 계속 뛰면서 멀리 모습을 드러내는 에미레이트 스타디움을 보았다.

"꼭! 꼭 전해야 해!"

뛰고 있는 아더의 머릿속으로 자신이 지나온 과거가 떠올랐다.

♪♪♩

영국 16개의 호수가 모여 있어 Lake District라고도 불리는 영국의 앰블사이드의 시골집에서 외동아들로 태어난 그는 부모님의 귀여움을 독차지했다.

그리 유복하다고 볼 수 없는 가정환경이었지만 좋은 부모님과 멋진 자연경관 속에서 무럭무럭 자라던 아더는 어느 날부터 거실에 오래된 괘종시계에서 울리는 소리에 관심을 보였다.

종일 괘종시계 앞에 앉아 양옆으로 오가는 시계추를 멍한 눈으로 보고 있던 아이를 걱정한 부모님이 런던까지 차를 타고 와 의사에게 진단을 요청했지만, 의사의 진단은 이상 없음, 어린 시절 잠시 겪을 수 있는 이상 현상이라는 말뿐이었다.

집으로 돌아왔지만, 다시 괘종시계 앞에 앉은 아이는 각종 시계 소리에 귀를 기울였다.

손가락으로 박자를 맞추듯 정확한 시계 초침 소리에 몸을 싣고 있을 때 가장 행복한 표정을 짓던 아이가 네 살 무렵 집 뒤의 숲에서 만난 여자를 떠올렸다.

그 날은 평소와 다름없는 그저 그런 날이었다. 주위 10㎞ 내에 그의 또래가 사는 집이 없었기에 혼자 노는 것이 익숙했던 아이는 호수에서 물고기를 잡거나, 집 뒤 나지막한 산에 올라 곤충을 잡고 노는 것이 일상이었다.

언제나처럼 점심에 엄마가 해준 호두 파이를 먹고 입가에 묻은 부스러기를 닦은 아더가 산에 올라 모래를 팠다. 모래성을 짓는 것보다 모래를 파고 종아리를 집어넣은 후 다시 모래를 묻어 무릎 아래를 모래 속에 파묻히게 한 후 몸을 흔들며 노는 놀이를 하던 아더의 앞에 한 여자가 나타났다.

아더의 앞에 나타난 여자는 엄마보다, 병원을 가기 위해 들른 런던에서 본 예쁜 누나들보다 백 배는 더 아름다운 사람이었다.

그녀의 머리 뒤에서 빛이 나는 것 같은 착각에 몇 번이나 눈을 비빈 아더가 앳된 목소리로 물었다.

"누구세요?"

하얗고 긴 원피스가 발목까지 내려온 금발의 여자가 웨이브진 머리를 뒤로 넘기며 다가와 무릎까지 땅에 파묻힌 아더의 작고 검은 머리를 쓰다듬었다.

동그랗고 귀여운 눈으로 그녀를 올려다보던 아더가 예쁜 누나의 손길이 기분 좋은지 웃음을 짓자 살짝 미소를 지은 그녀가 말했다.

"너의 마음속에는 리듬(rhythm)이 있단다."

무슨 말인지 이해할 수 없었던 아더가 멀뚱한 눈으로 그녀를 올려다보자 살포시 미소를 지은 그녀가 아더의 손을 잡고 그의 가슴에 손을 올렸다.

"느껴지니?"

아더가 자신의 손을 타고 올라오는 심장 박동을 느껴본 후 고개를 끄덕이자, 그녀가 환하게 웃었다.

그녀의 웃음 하나로 온 세상이 밝아지는 듯한 느낌을 받은 아더가 자신도 모르게 하얀 그녀의 얼굴에 손을 뻗었다.

아더의 손이 얼굴에 닿기 직전 몸을 일으킨 여자가 뒤로 돌았다.

"너의 마음속에 있는 리듬이 이제 귀로 들릴 것이다."

그리고 그녀는 사라졌다.

그 날부터 아더의 귀로 온갖 소리가 들리기 시작했다. 하지만 괴로운 수준은 아니었다.

그의 귀에 꽂히는 소리는 잡음이 아닌 같은 박자를 가진 규칙적인 소리였기 때문이다. 예를 들면 시계 소리나, 차의 방향 표시등 소리, 도마에서 칼로 채소를 써는 엄마의 칼 소리같은 것들이 들려왔다.

불규칙적인 풀벌레의 울음소리는 신경 쓰이지 않았기에 아더는 성장에 지장을 받지 않았다.

동네에 하나뿐인 하이스쿨 시절, 학교 식당에 앉아 손목시계를 보며 정확한 박자로 테이블을 치는 행동을 본 선생님이 그를 시계학의 세계로 이끌었다. 처음 만난 학문의 세계는 아더를 정신없이 빠져들게 했고, 그는 그 분야에 천재성을 보였다.

결국, 교장의 추천으로 명문인 Birmingham City에 입학한 아더는 시계의 장인이 되기 위해 무려 6년간 공부에 매진했다. 그리고 졸업을 한 지 일 년, 함께 공부한 다른 친구 중 잘된 친구는 항공 시계를 만드는 회사에 취직하거나, 명품 시계를 만드는 브랜드에 취업했지만, 아더는 달랐다. 자신만의 브랜드를 만들어 성공하는 것이 꿈이었던 그는 사방팔방으로 투자자를 구했다.

하지만, 이제 막 대학을 졸업한 그에게 투자를 해주는 개인도, 기업도 존재하지 않았다.

결국, 앰블사이드의 시골집에 돌아온 아더는 집 지하실에 공방을 차리고 수작업으로 시계를 만들었다.

원자시계와 견주어도 30일 이상 1초의 어긋남이 없는 시계를 무려 5개월의 시간을 투자해 만들어낸 아더는 완성된 시계를 들고 런던에 왔다. 그리고 다시 투자자들을 만나고, 기업인들을 만났다.

하지만 돌아오는 답은 하나같이 거절이었다. 디자인이 트랜디하지 못하고, 그 기술력은 기계로 커버가 되므로 수작업 시계에 대한 고객 니즈(Needs)가 적다는 것이 그 이유였다.

스무 명 이상의 투자자들을 만났지만 결국 투자를 받는 데 실패한 아더가 생각한 마지막 방법은 아스날전을 보러 영국에 방문한 케이의 손목에 자신이 만든 시계를 채우는 것이었다.

그는 학생이고 자신보다 어렸지만 이미 세계적인 스타였다. 그의 손목에 자신의 시계가 채워지는 순간 세상은 자신의 진가를 알아줄 거라 생각했다. 생각이 거기까지 이르자 망설이지 않고 호텔 방을 뛰어나온 아더가 시계를 품에 안고 미친 듯이 달렸다.

한겨울의 매서운 바람이 불었지만 온몸이 땀으로 흠뻑 젖은 아더가 에미레이트 스타디움에 도착할 무렵, 무리 지어 경기장을 나오는 사람들을 밀치며 앞으로 나아가던 아더의 눈에 많은 사람에게 휩싸여 밖으로 나오는 건의 모습이 들어왔다.

아스날 측에서 제공한 듯한 수많은 경호원들이 건을 둘러싸고 있었고, 방송을 통해 봤던 시즈카 미야와키와 케빈의 모습도 보였다. 다급한 마음이 든 아더가 사람들을 밀치며 가까이 가려고 노력하다가 몸으로 자신을 막는 경호원 덕에 앞으로 나아가는 길이 막혀 버리자 소리쳤다.

"케이! 케이! 잠시만요!"

목청껏 소리를 질렀지만 몇천 명의 관중에게 둘러싸여 환호를 받고 있는 건에게는 닿지 않는 듯했다. 다시 한번 힘을 내 검은 상자를 들어 올린 아더가 큰소리로 외쳤다.

"케이! 서, 선물입니다! 받아주세요!"

꺅꺅대며 소리를 지르는 여성들 사이에 파묻혀 버린 목소리에 그저 간절한 눈빛으로 건을 쳐다보는 것 외에 할 수 있는 일이 없던 아더의 앞에 시커멓고 덩치가 큰 남자의 얼굴이 나왔다.

동양인으로 보이는 남자가 경호원에게 막힌 채 검은 상자를 내밀고 있는 아더를 위아래로 보더니 그의 상자를 덥석 붙잡았다.

"헉! 이, 이건 케이에게 줄 선물입니다! 놓아주세요!"

힘을 주어 빼앗기지 않으려고 했지만, 덩치 큰 남자에게 상자를 빼앗긴 아더가 바닥에 주저앉았다.

"돌려줘요…… 그건 안 됩니다……."

시커먼 남자가 이를 드러내고 웃었다.

"케이의 매니저 이병준입니다. 선물을 확인하고 케이에게 전달할 테니 걱정 마세요."

그제야 남자가 경호원들이 만든 라인 안쪽에 있음을 인지한 아더가 벌떡 일어나며 외쳤다.

"고, 고맙습니다! 안에 제 명함이 있으니 꼭 좀 전해주세요, 연락 기다리겠습니다!"

팬이랍시고 전화번호를 주는 사람이 워낙 많았기에 피식 실소를 지은 병준이 알았다는 듯 상자를 흔들어 보이며 사라졌다.

잠시 후 구단 측에서 내어 준 리무진을 탄 건의 일행이 사라지자 관객들도 흩어졌다. 혼자 우두커니 차가 사라진 방향을 보고 있던 아더가 코트 주머니에 손을 넣고 고개를 숙였다.

"마지막 기회일지도 모르는데…… 제발……."

하염없이 건의 차가 사라진 도로를 보던 아더가 한참 만에 떨어지지 않는 발걸음을 옮겼다.

♪♪♩

차로 일리셰르의 저택으로 이동 중이던 케빈이 아직 흥분이 가라앉지 않는지 카 시트를 치며 외쳤다.

"우오오오! 내 일평생 길이 남을 명승부였어! 안 그래, 케이?"

건이 웃음을 지으며 답했다.

"응! 재미있었어! 시즈카도 재미있었어?"

시즈카가 양손을 모으며 말했다.

"축구 경기가 이렇게 흥분되는 것인지 오늘 처음 알았어요, 이제 본격적으로 축구에 관심을 가져보려고요."

케빈이 만족스러운 웃음을 지으며 시즈카를 보았다.

"좋아, 시즈카. 케이랑 가끔 축구 경기 PPV를 사서 볼 테니까 너도 같이 보자!"

"네! 좋아요, 헤헤."

세 사람이 재잘거리는 소리를 듣던 병준이 조수석에 앉아 검은 상자를 들었다.

잠시 상자를 흔들어 내용물이 위험하지 않은지 가늠해 본 병준이 상자를 열었다.

"뭐야, 이 투박한 시계는?"

병준의 눈에 검은 가죽에 금빛 테두리를 가진 올드한 디자인의 시계가 기름종이로 싸여 있는 것이 보였다. 시계의 옆에는 명함 한 장과 세 번 접은 편지지가 가지런히 놓여 있었다.

시계를 들고 이리저리 보던 병준이 인상을 찌푸렸다.

"이거 뭐 자기 할아버지가 물려주신 시계라도 준 건가? 디자인이 뭐 이래, 60년대 영화에나 나올법한 시계네."

시계 옆에 놓인 명함을 든 병준이 눈을 가늘게 떴다.

"The Lake…… 아더 호지슨? 더 레이크라는 브랜드가 있었나?"

병준이 명함을 상자 속에 넣은 후 편지지를 들었다. 잠시 편지에 적힌 글을 본 병준이 실소를 흘리며 다시 접은 편지지를 상자 속에 넣었다.

"참나, 공짜 광고하려는 속셈이었구먼? 안 그래 보였는데 도둑놈 심보를 가진 녀석일세."

올드한 디자인의 시계를 이리저리 보던 병준이 검은 상자 속에 시계를 넣고 글로브 박스 위에 상자를 던져놓았다.

"우리 할아버지도 안 차시겠네. 참나, 이것도 디자인이라고."

글로브 박스 위에 아무렇게나 던져진 검은 상자가 코너를 돌 때마다 이리저리 흔들렸지만 맥주를 마신 탓에 잠이 들어버린 병준은 일리셰르의 저택에 도착할 때까지 잠에서 깨지 않았다.

저택 입구 앞에 일렬로 선 스무 명가량의 하녀들이 우르르 달려들어 일행의 짐을 나르고 저택 안으로 안내를 하는 통에 검은 상자의 존재를 잊어버린 병준이 차에 검은 상자를 남겨두고 내렸다.

일행이 모두 저택 안으로 들어가고 운전을 하던 기사가 차에 남겨진 짐이 없는지 확인하던 중 글로브 박스 위에 남겨진 검은 상자를 보았다.

상자를 열고 내용물을 본 기사가 입맛을 다신 후 검은 상자를 챙겨 주차를 한 후 저택으로 들어갔다.

저택의 응접실에서 일행을 맞이한 일리셰르 우스마노프가 양팔을 벌리며 크게 웃었다.

"하하하! 오늘 수고 많으셨습니다, 여러분. 특히 케이가 수고가 많았어요."

건이 자신에게 손을 내밀고 있는 하녀에게 코트를 벗어 넘겨준 후 웃었다.

"하하, 일리셰르 우스마노프 씨가 믿어주신 덕분이죠."

일리셰르 우스마노프가 식당을 가리키며 손뼉을 쳤다.

"오늘같이 기쁜 날, 축배를 들어야죠. 모두 식당으로 갑시다! 파티를 준비해 뒀습니다."

케빈이 주먹을 들어 올리며 벌떡 일어났다.

"오예! 이런 날은 마셔야죠!"

아직도 얼굴이 벌겋게 달아오른 병준이 가장 먼저 식당으로 달려갔고, 케빈과 시즈카 역시 신이 난 표정으로 식당으로 향했다.

일행들이 식당으로 이동하던 도중 일리셰르 우스마노프가 건을 불러 세웠다.

일행이 모두 식당으로 가는 것을 확인한 일리셰르 우스마노프가 말했다.

"아르센 뱅거 감독의 요청이 이사회를 통해 전달되었습니다."

"네, 말씀하세요."

일리셰르 우스마노프가 손가락 두 개를 펼쳐 보였다.

"두 배. 기존에 약속했던 음악 사용료의 두 배를 게런티로 지불하겠습니다."

건이 살짝 놀란 표정으로 물었다.

"네? 갑자기 왜요?"

일리셰르 우스마노프가 허리춤에 손을 올리며 말했다.

"시즌이 종료되기 전 당신의 음악에 대한 효과를 다른 EPL 팀에서도 눈치챌 가능성이 큽니다. 우리는 다른 팀에서도 이러한 효과를 보는 것을 원하지 않지요. 두 배를 드릴 테니 다른 팀에 응원가를 제공하는 것은 삼가 부탁드립니다. 아, 두 배가 적다면 세 배까지 가능합니다."

건이 입술을 삐죽 내밀고 말했다.

"음…… 실험을 좀 더 해보고 싶은데……."

일리셰르 우스마노프가 다급하게 말했다.

"네 배! 네 배를 드리죠."

일리셰르 우스마노프를 뚫어지게 보던 건이 이내 고개를 끄덕였다.

"그 이야기는 병준이 형과 하시죠. 사업은 모르니까요."

"그럼 케이는 동의하신 것으로 간주해도 될까요?"

"네, 그렇게 전하셔도 돼요."

"감사합니다, 하하! 그럼 파티를 즐기러 가볼까요?"

일리셰르 우스마노프와 함께 식당으로 향한 건이 이미 술판을 벌이고 있는 병준과 케빈을 보고 웃었다.

자신 옆에 앉으라는 시즈카의 손짓에 그녀의 옆에 자리를 잡자, 일리셰르 우스마노프가 상석에 앉아 샴페인을 가득 따른 잔을 높이 들며 외쳤다.

"음악을 위해, 아스날을 위해!"

모두가 잔을 높이 들어 승리를 축하하며 재잘거리던 도중 눈치를 보며 들어온 운전기사가 일리셰르 우스마노프에게 다가와 귓속말로 속삭였다.

운전기사에게 시선을 주었던 일리셰르 우스마노프가 그가 내민 검은 상자를 받고 가보라는 듯 고갯짓을 한 후 말했다.

"미스터 리? 차에 이것을 놓고 가셨다는군요."

케빈의 머리에 샴페인을 뿌리던 병준이 고개를 돌렸다.

"아, 그거요. 별거 아닌데…… 아무튼 제가 깜박했군요, 고맙습니다."

일리셰르 우스마노프에게 검은 상자를 건네받은 병준이 상자를 옆으로 치우자 케빈이 물었다.

"어, 그거 아까 팬이 준 거 아니에요?"

"어, 그런데 별거 아냐."

"뭔데요?"

"시계, 케이한테 선물로 주라고 해서."

시즈카와 이야기를 나누고 있던 건이 고개를 돌렸다.

"저한테요? 뭔데요?"

병준이 살짝 인상을 쓰며 상자를 열어 시계를 꺼냈다.

"시계인데, 디자인이 너무 올드해서 네가 차긴 좀 그래, 거기다 공짜 마케팅을 노리는 도둑놈 심보로 접근한 것 같아서 전해주지 않으려고 했는데, 기왕 이렇게 된 거 구경이나 해라."

병준이 맞은편에 앉은 건에게 시계를 건네주는 것을 본 일리셰르 우스마노프가 시계를 힐끔 보며 말했다.

"수제 시계군요."

시계를 건네주던 병준이 움직임을 멈추고 그를 보았다.

"수제요? 요새도 수제 시계를 만들어요?"

일리셰르 우스마노프가 손을 내밀며 줘보라는 듯 흔들자 병준이 그에게 시계를 넘겨주었다.

시계를 이리저리 돌려 보던 그가 웃으며 말했다.

"안쪽이 어떤지는 모르겠지만 디자인은 영 꽝이군요. 허허. 하지만 수제 시계라는 것만으로 가치는 충분합니다."

병준의 얼굴이 살짝 밝아졌다.

"오, 그래요? 비싼 건가요?"

일리셰르 우스마노프가 건 쪽으로 시계를 내밀며 말했다.

"수제 시계는 아무리 못해도 천 파운드는 나가죠."

병준이 살짝 놀라 말했다.

"천 파운드면…… 미화로 천 삼백 불은 되는 거네요? 호오, 엄청 비싸진 않아도 꽤 가격이 나가는 시계였군요."

케빈이 건의 손에 들린 시계를 보며 말했다.

"뭔 시계를 천 삼백 불이나 주고 사요, 디자인도 엉망이구먼."

일리셰르 우스마노프가 미소를 지으며 말했다.

"뭐든 손으로 만든 것이 비싼 시대이지요, 공장에서 기계로 찍어내는 물건이 대부분이고, 그것들의 가격이 싼 이유는 인건비가 빠지기 때문이니까요. 대표적으로 스포츠카 중 수제 스포츠카를 만드는 브랜드를 들 수 있어요. 성능이 좋은 편이긴 하지만 그보다 더 뛰어난 성능의 자동차보다 비쌉니다."

건이 시계를 유심히 보았다. 하얀 알에 금색 침이 정확하게 시간을 표기하고 있었고, 금색 테두리에 검은 가죽 시계 줄이 조금 올드해 보였다.

시계를 돌려 뒷면을 본 건이 작게 쓰인 글씨를 읽었다.

"아더…… 호지슨. 더 레이크?"

병준이 검은 상자에서 명함 한 장을 꺼내 보여주었다.

"이게 그 사람 명함이었는데 난 모르는 브랜드야."

시즈카가 재빨리 핸드폰으로 검색을 해본 후 고개를 저었다.

"그런 브랜드는 없어요."

일리셰르 우스마노프가 시즈카에게 말했다.

"케이에게 정식 마케팅 요청이 아니라 그냥 차달라고 하는 것을 보면 아마 런칭도 못 한 브랜드일 겁니다. 투자자를 찾고 있겠죠. 투자가 안 되어 전전긍긍하다 케이에게 준 걸 겁니다."

병준이 인상을 쓰며 말했다.

"거봐, 도둑놈 심보라니까?"

건이 자신의 팔목에 시계를 대보자, 옆에 있던 시즈카가 입을 가리며 웃었다.

"호호, 할아버지 시계 같네요."

자신을 보며 웃는 시즈카에게 싱긋 웃어준 건이 병준에게 시계를 돌려주며 말했다.

"다른 이야긴 없었고요?"

병준이 시계를 받아 든 후 검은 상자 속에 놓인 편지지를 바라보았다.

잠시 고민하던 그가 이내 편지지를 꺼내 내밀었다.

"편지가 한 장 있긴 했어, 그런데 아까 말했다시피 그저 너한테 시계를 차게 해달라는 것과 자기 인생 이야기가 구구절

절 적혀 있을 뿐이라 읽을 가치는 없을 거야."

편지를 받아 든 건이 편지지를 펴 아더가 쓴 글을 읽어 내려갔다.

시즈카 역시 건의 옆에 붙어 함께 글을 읽었다.

자신이 살아온 인생, 현재 처한 상황이 간절한 필체로 적힌 편지를 끝까지 읽어본 건이 잠시 고민했다.

건과 시즈카를 제외한 일행들은 건이 편지를 읽는 것을 기다리다 다시 술판을 벌이고 있었다.

건의 옆모습을 관찰하던 시즈카가 조용하게 물었다.

"도와주고 싶어서 그러죠?"

건이 시즈카를 힐끔 본 후 피식 웃었다.

"어떻게 알았어?"

시즈카가 아련한 눈빛으로 건을 보며 말했다.

"당신은 원래 그런 사람이니까요."

"후후, 그랬어?"

편지지를 곱게 접은 건이 케빈에게 헤드락을 걸며 웃고 있는 병준에게 편지지를 내밀며 말했다.

"형, 여기요. 그리고 시계 다시 줘보실래요?"

건의 손에서 편지지를 받은 병준이 상자 안에서 시계를 꺼낸 후 편지지를 아무렇게나 쑤셔 넣었다.

"자, 아버지라도 가져다 드리게?"

상자 안에 쑤셔 넣어져 끝이 살짝 보이는 편지지를 본 건이 인상을 썼다.

병준이 건의 눈빛이 바뀌는 것을 보고 재빨리 편지지를 꺼내 다시 곱게 상자 안에 넣으며 헛기침을 하자 다시 찬찬히 시계를 살펴보던 건이 고개를 들어 일리셰르 우스마노프를 보았다.

건이 다시 시계를 볼 때부터 건을 주시하고 있던 일리셰르 우스마노프가 웃으며 말했다.

"감정해 드릴까요?"

건의 얼굴이 밝아졌다.

"가능할까요?"

일리셰르 우스마노프가 미소를 지으며 손가락을 튕기자, 대기하고 있던 노집사가 재빨리 건의 손에서 시계를 넘겨받으며 작게 말했다.

"두 시간이면 됩니다."

생각보다 너무 빠른 시간 안에 처리된다는 말을 들은 건의 눈이 커지자 일리셰르 우스마노프가 웃으며 말했다.

"돈이란 시간과 편리함을 맞바꾸는 도구이지요. 시계 전문가를 불러 감정하게 하고 그 가치에 대해 파악할 테니 이제 마음 편히 승리를 축하합시다. 허허."

금방 분위기가 전환되고 서로 오늘 있었던 경기의 플레이들을 이야기하며 시간을 보냈다. 케빈과 병준은 각기 아스날 선수와 바르셀로나 선수가 되어 골 장면을 재현하고, 선수 세레모니까지 따라 하며 좌중을 웃음바다로 만들었다.

노집사가 약속한 두 시간이 지나고, 감정서를 들고 온 노집사가 일리셰르 우스마노프의 앞에 감정서와 시계를 놓았다.

웃으며 병준을 보던 일리셰르 우스마노프가 감정서를 본 후 살짝 놀라는 표정을 지었다.

"만 파운드?"

일리셰르 우스마노프가 놀란 눈으로 노집사를 보자 그가 고개를 끄덕였다.

"감정서에 이유가 쓰여 있습니다."

만 파운드라는 말이 나오자마자 일행의 시선이 모였다.

궁금함을 참지 못하는 성격인 케빈이 몸을 앞으로 내밀며 물었다.

"만 파운드요? 만 삼천 불이란 말인가요? 이런 할아버지 시계가요? 세계대전 때 쓰던 골동품이라도 되는 건가요?"

일리셰르 우스마노프가 감정서를 들고 읽으며 중얼거렸다.

"독자적인 무브먼트라…… 미스터 리, 이것을 준 사람 나이가 얼마나 되어 보였습니까?"

시계에 대해 전혀 알지 못하는 병준이 무브먼트가 뭔지 몰랐지만 잠시 기억을 떠올려본 후 말했다.

"이십 대 중반 정도의 흑인이었어요."

일리셰르 우스마노프가 놀란 표정을 지었다.

"이십 대 중반이요? 잘못 보신 것 아닙니까?"

"아…… 뭐, 흑인이라 나이를 제대로 가늠할 수 없었기는 했지만…… 왜요?"

일리셰르 우스마노프가 감정서를 들어 보이며 말했다.

"독자적인 무브먼트를 만들어낸 이십 대라?"

건이 찬찬히 시계를 다시 보고 있는 일리셰르 우스마노프에게 물었다.

"무브먼트가 뭔데요?"

일리셰르 우스마노프가 시계를 내려놓으며 말했다.

"무브먼트는 시계의 외장을 제외한 몸체 부분을 말하는 것입니다. 보통 전문 무브먼트 회사의 것을 사용하죠, 수제라도 말입니다. 무브먼트의 개발은 고도의 정밀성과 비용이 들어가거든요. 전자식, 기계식 두 가지가 있는데, 기계식은 다시 수동식과 오토매틱으로 나뉩니다. 쉽게 말하면 용두를 돌려 시계태엽을 감아주는 시계와 사용자의 팔 흔들림에 따라 로터가 자동으로 태엽을 감는 형식이 있지요. 이 시계는 기계식 중 수동식으로 만들어진 시계군요."

쉽게 설명한다고 노력했지만 온갖 명품 시계를 가진 그의 설명을 알아들을 리 없던 병준이 말했다.

"어쨌든 좋은 시계라는 건가요? 만 삼천 불이나 나가는 거라면요."

일리셰르 우스마노프가 입술을 내밀며 고개를 끄덕였다.

"최고의 시계라고 할 수는 없지만, 브랜드도 없는 가공업자가 만든 시계라고 생각하면 제대로 만들었다고 할 수 있겠군요. 흐음……."

일리셰르 우스마노프가 병준을 향해 말했다.

"혹시 편지 안에 연락처나 주소가 있었습니까?"

병준 대신 건이 반색하며 말했다.

"있었어요, 주소와 전화번호 둘 다요."

일리셰르 우스마노프가 병준에게 손을 내밀었다.

"편지를 줘보시겠어요?"

병준에게 편지를 받아 읽던 일리셰르 우스마노프가 웃으며 말했다.

"Lake District의 앰블사이드라, 좋은 곳이죠."

일리셰르 우스마노프가 건을 보며 편지지를 들었다.

"영국은 시골이 아름다운 나라입니다, 이곳에는 16개나 되는 호수가 있어 유명한 곳이기도 하죠, 아직 일정이 좀 남았는데 시골 구경 한번 가시겠습니까?"

그의 말을 알아들은 건이 기쁜 미소를 지었다.

"네, 가요!"

다음 날.

전날 밤늦게까지 이어진 술판의 영향으로 늦은 오전이 되어도 일어날 생각을 못 한 일행을 저택에서 쉬게 한 건이 일리셰르 우스마노프와 함께 대기하고 있던 롤스로이스 리무진에 탔다.

겨우 일어나 부랴부랴 준비를 마친 시즈카까지 차에 타자 앰블사이드로 출발한 차는 약 30분 후 시골 마을로 들어섰다.

차 창문에 붙어 고즈넉한 평야에 호숫가가 있는 것을 본 시즈카가 작게 웃으며 말했다.

"영국은 신기한 나라네요, 런던에서 불과 30분 거리에 이런 시골 마을이 있다니요."

일리셰르 우스마노프가 웃으며 말했다.

"그렇지요? 세계 어느 곳에 가도 이렇게 번화한 시내와 시골이 공존하는 나라는 없을 겁니다."

수도에서 걸어서 20분 거리에 히말라야 산맥이 있는 네팔을 떠올려 본 건이 아무 말 없이 웃음을 지었다.

"아더 호지슨 씨께 미리 연락하신 건가요?"

"아니요, 안 했습니다. 이렇게 초기 사업에 투자를 결정할 때는 그 사람의 평소 모습을 보고 결정하는 주의라서요, 허허."

5분여를 더 달린 차가 호숫가에 지어진 서너 호의 주택 앞에 섰다. 네비게이션을 보고 인상을 찌푸린 운전 기사가 뒤를 돌아보며 말했다.

"저기…… 네비게이션 안내는 여기까지입니다. 저 앞에 보이는 세 집 중 한 곳인 것 같습니다만……."

일리셰르 우스마노프가 차 문을 열며 말했다.

"내려서 물어보면 되지."

일행과 함께 차에서 내린 일리셰르 우스마노프가 하얀 벽에 갈색 지붕을 가진 주택 앞에 놓인 벤치에 앉은 백인 할머니에게 다가갔다.

시골 마을에 어울리지 않는 리무진을 구경하고 있던 할머니가 푸근한 웃음을 지으며 말했다.

"관광객인가 보군요."

일리셰르 우스마노프가 아더의 명함을 내밀며 물었다.

"하하, 아닙니다. 혹시 이곳에 이 사람이 살고 있는지 여쭤보려고요."

눈이 보이지 않는지 가늘게 뜬 눈으로 명함을 보던 할머니가 다시 명함을 돌려주었다.

"돋보기를 가져오지 않아서 보이지 않는구려, 그냥 이름을 말해줘요."

"아, 죄송합니다. 아더 호지슨이라는 친구입니다."

할머니가 세 집 중 가장 뒤에 있는 집을 돌아보았다. 할머니의 집과 마찬가지로 하얀 벽에 갈색 지붕을 가진 집은 뒤에 작은 숲이 있는 1층 집이었다.

"호지슨 씨 댁이라면 저 집인데……."

일리셰르 우스마노프가 웃으며 명함을 다시 집어 넣었다.

"하하, 고맙습니다. 자, 가시지요."

할머니를 스쳐 지나가던 건이 간단히 눈인사를 건네자 할머니가 건에게 손을 내밀며 말했다.

"어이구, 이 청년은 어찌 이리 잘생겼누?"

푸근한 할머니의 미소를 본 건이 돌아가신 할머니 생각이 나 발걸음을 멈췄다.

그녀의 따뜻한 손을 잡은 건이 옆에 앉으며 말했다.

"헤헤, 할머니."

할머니가 건의 얼굴을 찬찬히 뜯어보며 말했다.

"내 평생 이렇게 잘생긴 청년은 처음 보네. 동양인인가?"

"네, 할머니. 한국에서 왔어요."

"아, 한국? 월드컵 했던 나라말이지?"

할머니라도 축구 종주국 영국의 할머니는 다르다고 생각한 건이 웃음을 지었다.

"네, 맞아요. 그게 벌써 20년 전인데 아직도 그걸로 기억하시네요, 하하."

"호호, 그저 벤치에 앉아 시간을 죽이는 것 외에 할 일 없는 할머니가 그렇지 뭐. 그런데 호지슨 씨 댁은 왜 찾아?"

"아…… 그 댁 아드님에게 볼일이 있어서요."

"아더? 그 꼬마를 찾아온 거야?"

"하하, 할머니 꼬마라니요, 스무 살도 넘었다고 하던데."

"꼬마 때부터 봐온 나 같은 사람한테는 아무리 커도 꼬마로 보인다우, 호호. 그런데 아까 보니 그 댁 어머니와 시장에 가는 것 같던데…… 왔으려나?"

"그래요? 음, 일단 한번 가볼게요."

"그래, 지금 애플파이를 굽고 있는데 조금 있다 좀 가져가요."

"하하, 고맙습니다, 할머니."

할머니의 손을 놓은 건이 자신을 기다리고 있는 일리셰르 우스마노프에게 말했다.

"기다리게 해서 죄송해요, 가요."

"괜찮습니다. 할머니와 이야기를 잘하시는군요."

"후후, 우리 할머니가 생각나서요."

건의 나이를 가늠해 본 일리셰르 우스마노프가 혹시 할머니가 돌아가셨으면 더 묻는 것이 실례라고 생각하고 아무 말 없이 호지슨의 집으로 향했다.

하얀 벽의 집은 나무로 지어진 듯했고, 짙은 갈색 문을 가지고 있었다. 문 주변을 더듬던 일리셰르 우스마노프가 벨이 없는 것을 보고 문에 노크를 했다.

"저, 계십니까?"

여러 번 노크를 하자 안쪽에서 부스럭거리는 소리가 들리며 문이 열렸다.

60대 정도로 보이는 흑인 남자가 문고리를 잡은 채 무슨 일이냐는 듯 건과 일리셰르 우스마노프를 번갈아 보자, 건이 입을 열었다.

"안녕하세요, 미스터 호지슨."

건이 자신의 이름을 부르자 살짝 놀란 그가 물었다.

"아…… 예. 어디서 오신 분들이신지?"

일리셰르 우스마노프가 명함 한 장을 내밀며 말했다.

"아드님과 사업상 볼 일이 있어 찾아뵈었습니다."

그가 눈을 게슴츠레하게 뜨고 명함을 보다가 놀란 표정을 지었다.

황급히 집 안으로 들어가 돋보기를 찾아 쓴 후 다시 명함을 본 그가 조금 높은 어조로 말했다.

"아스날 홀딩스? 내가 아는 그 아스날 맞습니까?"

일리셰르 우스마노프가 호쾌하게 웃으며 말했다.

"네, 맞습니다."

"이런! 어서들 들어오세요."

집 안으로 안내받은 두 사람을 낡은 소파에 앉힌 그가 부산하게 몸을 놀려 차를 끓이러 부엌으로 가자, 집을 둘러본 건이 일리셰르 우스마노프에게 나직하게 말했다.

"형편이 그리 좋은 집은 아닌 것 같죠?"

일리셰르 우스마노프가 고개를 끄덕이며 주위를 둘러보았다. 낡은 소파와 테이블은 동물이 갉아먹었는지 모서리가 헤져 있었고, LCD나 PDP도 아닌 옛날 기계식 TV가 놓인 테이블은 엔티크하긴 했지만, 무척 낡아 보이는 가구였다.

집 벽을 수놓은 수많은 사진 액자에는 가족사진이 있었는데, 흑백 사진들부터 컬러사진까지 다양한 사진이 있었다. 밝은 가족들이 호숫가에서 놀고 있는 사진들은 흑백 사진도, 컬러사진도 모두 그 배경이 같았다.

"사진들을 보세요, 모두 배경이 같습니다. 아마 이곳에서 상당히 오랜 시간 살아온 가족인가 보군요."

일리셰르 우스마노프의 말에 사진에 눈을 돌린 건이 살짝 고개를 끄덕임과 동시에 흑인 아저씨가 부엌에서 쟁반에 차를 담아 걸어왔다.

그것을 본 건이 재빨리 일어서 쟁반을 받아 들자 고마운 눈빛을 보낸 흑인 아저씨가 빈자리에 앉았다.

"읏차, 고맙습니다. 예의 바른 청년이군요. 차린 건 없지만 우리 마누라가 직접 산에서 캐 온 케모마일로 만든 차이니 맛을 보세요."

차를 맛본 일리셰르 우스마노프가 눈을 동그랗게 떴다.

놀란 눈으로 찻잔 속에서 김을 내는 차를 본 일리셰르 우스마노프가 물었다.

"이런 잎이 산에 널려 있다고요?"

흑인 아저씨가 웃으며 말했다.

"허허, 집 뒤에 있는 산에서 캐 온 잎을 우리 증조할머니 대부터 내려온 방법으로 말린 것이지요. 맛이 괜찮지요?"

"괜찮은 정도가 아니라 상품화하고 싶은 수준의 차 군요. 멋진 차를 주셔서 감사합니다. 미스터 호지슨."

"허허, 토비라고 부르세요. 토비 호지슨 입니다."

"아, 토비. 반갑습니다. 일리셰르 우스마노프라고 합니다.

"아…… 일리셰…… 뭐라고요?"

"하하, 일리셰르 우스마노프라고 합니다."

"아…… 어려운 이름이군요 허허. 이쪽 예의 바른 청년은?"

두 사람의 이야기를 듣던 건이 나서며 웃었다.

"케이예요. 토비."

"허허, 다행히 그쪽 이름은 쉽군요. 가만있어 보자…… 어디서 들어본 이름인 것 같은데……."

건의 얼굴을 보며 무언가 떠올리던 토비가 이내 고개를 저었다.

"나이를 먹으니 기억력에 점점 문제가 생기는 군요, 허허."

"하하, 아니에요. 모르시는 것이 당연해요."

"허허, 이해해 줘서 고맙소, 그런데…… 사업상 우리 아들을 만나겠다고 하시는 것은 혹시……."

일리셰르 우스마노프가 고개를 끄덕이며 웃었다.

"아드님이 만든 시계를 보았습니다. 조금 더 다듬어야겠더군요."

토비가 계면쩍게 웃으며 말했다.

"아직 애송이라오. 정신을 못 차리고 차근차근 한 계단씩 밟고 오르기보다 바로 오너가 되고 싶어 하는 녀석이라 걱정이 많지요."

일리셰르 우스마노프가 고개를 저었다.

"충분히 가능성이 있습니다. 좋은 디자이너와 좋은 설비가 붙으면 수제 시계의 브랜드로 성공시킬 가능성을 보고 이곳에 온 것이니까요."

토비가 살짝 놀라며 일리셰르 우스마노프를 보다가 환하게 웃었다.

"허허, 이거 귀한 손님들을 몰라봤군요, 내 아들을 좋게 봐주어 감사합니다. 그런데 아더는 마누라와 함께 시장에 갔어요. 조금 기다리셔야 되는데 이거 어쩌죠?"

일리셰르 우스마노프가 손사래를 치며 말했다.

"미리 약속을 하지 않고 온 것인데요, 괜찮습니다."

토비가 턱을 쓸며 생각을 해보다가 자리에서 일어났다.

"귀한 손님들이 바쁜 시간을 내서 와주셨는데, 이리 앉아만 있게 할 수는 없고 지하실에 아들 놈 공방이 있는데 구경하시겠습니까?"

일리셰르 우스마노프가 반색하며 일어났다.

"오! 좋습니다. 시계 장인의 공방이라, 호기심이 생기는군요."

"허허, 시계 장인은 무슨, 아직 기술자 소리를 듣기도 민망한 자식 놈이지요. 이리 오세요."

지하실로 내려가는 계단은 집 밖에 있었다. 집 옆에 대각선으로 누워 아래로 뚫린 미닫이문을 연 토비가 먼저 들어가 불을 켜자 어두운 계단이 환해졌고, 곧 토비의 외침이 들렸다.

"내려오시지요, 계단 조심하시고요."

호기심에 찬 일리셰르 우스마노프가 먼저 지하실로 내려갔다. 그는 가파른 계단 덕에 속도를 내어 내려가기 쉽지 않은지 천천히 안으로 사라졌다.

혼자 밖에서 기다리던 건이 지하로 내려가기 위해 계단에 한 발짝 발을 들이는 순간 뭔가 이상한 느낌에 고개를 돌린 건이 집 뒤 평야, 숲이 시작되는 경계에 서 있는 사람을 보았다.

"어…… 누구지?"

하얀 원피스를 입은 금발의 여인은 조금 떨어져 있어 얼굴을 분간할 수 없었다. 계단 안에 한 발을 넣은 채 여인을 보고 있던 건이 한참 그녀를 관찰했다.

여인은 특별한 행동을 하지 않고 그저 건을 바라보고 있었다. 주위를 둘러봐도 사람이라고는 자신밖에 없었기에 자기를 바라보고 있다는 것을 인지한 건이 이상한 표정을 지으며 그녀를 보다가 자기도 모르게 오른손을 흔들었다.

멀어서 보이지 않지만, 건의 손짓을 본 그녀가 웃고 있는 것이 느껴졌다. 어떻게 느껴졌는지 모르겠지만 상대가 웃어주고 있다는 느낌에 건이 다시 손을 흔들며 웃자, 여인이 살포시 한 손을 들어 흔들어주었다.

모르는 사람이 인사하면 경계부터 하는 한국인들과 다르게 오가는 사람과 눈을 마주치기만 해도 웃어주거나 인사를 건네는 서양이었기에 별로 이상하게 생각지 않은 건이 눈웃음을 지으며 지하실로 들어갔다.

겨울임에도 푸른 숲의 경계에 선 여인이 조용히 손을 내렸다. 그녀의 깊고 푸른 눈이 토비의 집을 바라보며 빛났다.

"드디어 마지막 아이를 만났군요, 케이."

잠시 집을 보던 그녀는 곧 거짓말처럼 그곳에서 사라졌다.

지하실 안은 의외로 깨끗하고 잘 정돈되어 있었다. 영화에서처럼 흩날리는 먼지에 헛기침을 하며 눈 앞에 손바람을 일으켜야 하는 상황은 없었다. 그저 원목으로 이루어진 큰 테이블과 두어 개의 의자, 벽 가득히 걸린 시계 만드는 도구들을 구경하던 일리셰르 우스마노프가 작업대를 손가락을 쓸어낸 다음 자신의 손을 보며 말했다.

"먼지 하나 없군요. 주인이 무척 깔끔한 성격으로 보입니다."

토비가 히죽 웃으며 벽에 걸린 공구 중 작은 망치를 꺼내 들며 보여주었다.

"다른 건 못 가르쳐도 도구 관리는 제대로 가르쳤죠, 전 자동차 기술자였거든요."

일리셰르 우스마노프가 웃으며 망치를 받아 들었다.

"오, 아드님 손재주는 아버님에게서 온 것이군요."

건이 잠시 방을 둘러보다가 밖에서 들리는 자동차 소리에 귀를 기울인 후 말했다.

"돌아오신 것 같은데요?"

토비가 밖에서 나는 소리에 귀를 기울인 후 웃음을 지었다.

"귀가 좋으시군요. 돌아온 것 같으니 나가봅시다."

가장 먼저 토비가 지하실을 나섰고, 그 뒤를 따라 일리셰르 우스마노프가 올라갔다.

밖으로 나온 토비가 차에서 시장을 봐 온 물건을 꺼내고 있는 아더에게 말했다.

"아더, 손님이 왔다."

양손에 큰 비닐 봉투 두 개를 나누어 든 아더가 일리셰르 우스마노프를 보고 의문스러운 눈빛을 보냈다.

"손님이요? 아…… 누구신지?"

아더의 눈에 일리셰르 우스마노프 뒤에서 나타난 건이 들어왔다.

"허억! 케, 케, 케, 케이?"

손에 들려 있던 비닐봉지를 놓친 아더가 봉지에서 빠져나와 바닥을 굴러다니는 오렌지를 주울 생각도 하지 못하고 입을 떡 벌리고 있자, 시동을 끄고 차에서 내린 노년의 아주머니가 소리쳤다.

"에그머니나! 아더! 뭐 하고 있는 거니?"

아주머니가 급히 오렌지를 줍기 시작하자 건이 돕기 위해 허리를 숙였다.

바닥에 떨어진 오렌지를 줍던 아주머니가 자신에게 물건을 건네는 손길을 보고 건에게 고개를 돌렸다.

"응? 누구세요?"

가뜩이나 잘생긴 건이 웃자 아주머니가 호들갑을 떨었다.

"어머나, 이 청년 누구길래 이리 잘생겼데요? 호호."

건이 오렌지 두 개를 봉지에 넣은 후 그녀에게서 받아 들며 웃었다.

"케이라고 합니다, 반가워요."

"어머나, 짐 들어주려고요? 고마워서 어떡해요. 이리, 이쪽으로 부탁해요."

건을 안내해 집으로 들어가는 엄마의 모습을 멍하게 보던 아더에게 일리셰르 우스마노프가 다가와 말했다.

"후후, 자 들어가서 이야기할까요, 아더 호지슨 씨?"

"어, 어버버, 어어 네, 네!"

멍청해 보이는 아들의 모습에 한숨을 쉰 토비가 아더의 엉덩이를 툭 치며 말했다.

"네 손님이다, 이 녀석아. 정신 차리고 손님 접대해야지."

정신을 차린 아더가 집으로 들어가려다 일리셰르 우스마노프를 보았다.

"그런데 아저씨는 누구세요?"

일리셰르 우스마노프가 웃으며 명함을 내밀자 그를 본 아더의 눈이 왕방울만 하게 커졌다.

"아, 아스날 호, 홀딩스?"

일리셰르 우스마노프가 그의 어깨를 치며 웃었다.

"자, 들어가서 이야기합시다. 하하."

잠시 후 거실에 모인 아더의 가족들이 일리셰르 우스마노프에게서 투자에 관한 이야기를 들었다.

처음으로 자신의 진가를 알아준 일리셰르 우스마노프에게 감사의 눈빛을 보내던 아더가 건에게도 감사를 전했다.

웃으며 그를 지켜보던 일리셰르 우스마노프가 물었다.

"그런데 질문이 하나 있습니다, 아더."

"네, 뭐든 물어보세요."

일리셰르 우스마노프가 품 안에서 아더가 건에게 선물한 시계를 꺼내며 물었다.

"굳이 매번 시계의 용두를 돌려 수동으로 충전하는 방식을 이용하신 이유가 있습니까? 독자적인 무브먼트를 개발하신 것은 대단한 일입니다만, 수동으로 충전하는 방식이라면 시계가 멈췄을 때 사용자가 용두를 돌려 시계를 작동시킨 후 다시 시간을 맞추어야 합니다. 이때 시간을 정확히 맞추지 않는다면 정확한 시간을 볼 수 없는 시계가 될 텐데요."

아더가 그의 손에 들린 시계를 보며 설명을 했다.

"수동식 시계는 무브먼트의 절반을 로터가 차지하거나 마이크로 로터를 적용했다 하더라도 로터 시스템이 무브먼트를 덮어버리는 오토매틱 무브먼트보다 아름다움을 감상하기 쉽다는 장점이 있습니다. 그래서 수동식을 선택한 것이고요."

일리셰르 우스마노프가 어이없는 표정으로 시계를 들어 올렸다.

"아름다움이요? 이 디자인이요?"

아더의 얼굴이 붉어지는 것을 본 일리셰르 우스마노프가 양손을 들어 올렸다.

"아, 지적하는 것은 아니니 오해 마시길. 그런데 이러한 단점을 극복함과 동시에 사용상의 편의를 도모하기 위해 무브먼트의 외곽, 즉 둘레를 회전하는 로터가 등장한 지 꽤 되었습니다. 그것을 이용하면 굳이 수동식이 아니라도 무브먼트를 덮어버리는 일은 없을 텐데요."

아더가 씁쓸한 웃음을 지으며 고개를 끄덕였다.

"그렇죠. 그것은 로터 시스템의 커다란 혁신입니다만, 아직 너무 비쌉니다. 현 모양의 추가 무브먼트 외관을 볼 베어링에 의해 윤활 되어 회전하면서 태엽을 감는 원리로 무게도 가볍고 베어링 효율을 위해 백금 베어링과 추를 이용하죠. 그래서 더 비싼 것이고요."

일리셰르 우스마노프가 고개를 갸웃하며 시계를 들었다.

"어차피 수제 시계는 고가에 거래되지 않습니까? 비싼 부품을 사용하면 비싸게 팔면 되지요."

"네, 맞습니다만…… 저에게는 그런 부품을 살 돈이 없었습니다. 그래서 투자자를 찾아다니고 있는 것이지요."

일리셰르 우스마노프가 시계를 테이블 위에 내려놓으며 말했다.

"그럼 당신에게 부품을 살 돈과 전문 디자이너를 붙여준다면 이것보다 더 괜찮은 시계가 나오겠군요?"

직감적으로 이 질문의 답에 따라 투자가 결정될 것을 눈치챈 아더가 긴장된 표정으로 숨을 몰아쉬었다.

잠시 시간을 두고 일리셰르 우스마노프를 보던 그가 자신 있는 표정으로 고개를 끄덕였다.

"네, 그렇습니다."

토비와 아더의 엄마, 건까지 모두 일리셰르 우스마노프에게 시선을 집중하며 그가 하는 말을 기다렸다.

잠시 생각에 잠겼던 그가 말했다.

"좋습니다, 하지만 쉽게 투자를 결정할 수는 없겠군요. 아까 말한 로터 시스템의 부품 가격은 오천 파운드가량 되겠죠?"

바로 투자 결정이 나오지 않은 것에 실망한 표정을 짓던 아더가 고개를 끄덕이자, 일리셰르 우스마노프가 품 안에서 명품으로 보이는 가죽 장지갑을 꺼내 테이블에 돈을 올렸다.

"만 파운드입니다. 열흘 드리죠, 그 안에 시제품 하나를 만들어주세요. 이곳까지 디자이너를 파견하기는 어려우니 런던으로 가시죠."

테이블 위에 올려진 돈을 본 토비의 표정이 환해졌지만 아더는 여전히 긴장의 끈을 놓지 않았다. 마지막 시험이 남아 있었기 때문이었다.

잠시 결의를 다지던 아더가 테이블 위에 놓인 돈을 집어 든 후 말했다.

"최고의 시계를 만들어 보이겠습니다."

일리셰르 우스마노프가 웃으며 양 손바닥을 들어 보였다.

"최고까지는 필요 없습니다. 그저 시제품일 뿐이니까요. 최고의 제품은 브랜드 런칭 후에 부탁합니다, 하하"

아더가 자리에서 일어나며 자세를 바로 하고 말했다.

"기회를 주셔서 정말 감사합니다."

"하하, 기회를 드린 것은 제가 아니라 케이라고 말하고 싶군요. 그저 아무것도 아닌 일로 치부하고 지나갈 수 있는 일을 굳이 감정까지 하게 한 것은 케이니까요."

아더가 건 쪽을 향해 꾸벅 허리를 숙였다.

"동양에서는 감사의 표시를 이렇게 한다고 들었습니다, 고맙습니다."

건이 자리에서 일어나 아더의 허리를 펴준 후 웃었다.

"당신의 실력과 간절함이 기회를 얻게 한 것이에요, 제가 한 것은 없답니다. 그러니 허리 펴세요."

허리를 편 아더의 눈에 고마움이 깃들었다.

훈훈해진 응접실에 노크 소리가 나고 아까 본 이웃집 할머니가 방금 구워 맛있어 보이는 애플파이를 들고 들어와 웃었다.

"애플파이 왔어요~"

"하하하, 할머니 진짜 오셨네요."

"호호, 그럼 난 허튼소리는 안 해요. 자자 이것 좀 먹어 봐요, 따뜻할 때 먹어야 제맛이거든."

아더의 어머니가 일어서며 말했다.

"그럼 전 차를 좀 내올게요, 호호."

오랜만에 웃음을 짓는 아더 덕에 어머니의 기분도 좋아진 듯 부엌으로 향하는 그녀의 뒷모습이 날아갈 듯했다.

시간이 많은 사람들과 다르게 사업으로 언제나 시간에 쫓기는 일리셰르 우스마노프가 습관적으로 물었다.

"아…… 지금이 몇 시지요?"

애플파이 한 조각을 손에 들고 있던 아더가 시계도 보지 않고 말했다.

"지금 오후 1시 38분 47초를 막 지나고 있습니다."

할머니와 웃으며 이야기를 나누던 건이 아더에게 고개를 돌렸다.

일리셰르 우스마노프 역시 놀란 듯한 표정을 짓자 토비가 웃으며 말했다.

"이 녀석은 걸어 다니는 시계거든요. 허허, 시간은 확실하니 믿어도 됩니다."

여전히 시계를 보고 있지 않은 아더를 보던 건이 핸드폰 시계를 확인한 후 물었다.

"지금은요?"

토비가 애플파이를 씹으며 아무렇지 않게 말했다.

"오후 1시 39분 2초요."

핸드폰 시계로 초를 확인하고 있던 건이 놀라며 고개를 들었다.

"와우! 진짜 정확하네요?"

아더가 고개를 끄덕이며 입에 묻은 부스러기를 닦았다.

"어릴 때부터 그랬어요, 머릿속에 초시계가 있나 봐요, 하하."

아더가 자기도 모르게 괘종시계에서 작게 흘러나오는 초침에 맞추어 자신의 허벅지를 작게 두들겼다

웃고 있던 건이 아더의 손을 한참 뚫어지게 보고 있자 일리셰르 우스마노프가 물었다.

"왜 그래요, 케이?"

아직 아더의 손짓에서 시선을 떼지 않은 건이 눈썹을 꿈틀거렸다.

'정확한 박자, 마치 메트로놈을 보는 것 같다.'

건이 잠시 생각에 잠겼다가 일리셰르 우스마노프 쪽으로 고개를 돌렸다.

"만약 투자를 하신다면 얼마나 하실 생각이세요?"

갑작스러운 질문이었지만 모두가 궁금해하던 부분이라 모두의 시선이 일리셰르 우스마노프에게로 모였다. 잠시 생각해 본 그가 입을 열려 하자 아더가 침을 꿀꺽 삼켰다.

"음…… 시제품에 따라 다르겠지만 일반적으로 35만 파운드(한화 약 5억) 정도는 나올 겁니다."

예상보다 큰 금액이었는지 아더의 표정이 환해졌다. 하지만 그는 잠시 뒤 이어진 건의 말에 놀라 턱이 빠져라 입을 벌릴 수밖에 없었다.

건이 팔짱을 끼고 이제는 멈춰 버린 아더의 손을 보며 말했다.

"저도 동일한 금액을 투자하죠."

일리셰르 우스마노프가 놀라며 눈을 크게 떴고, 토비와 아더의 엄마도 놀랐는지 움직임을 멈췄다.

입을 떡 벌리고 있는 아더를 본 건이 싱글거리며 검지를 들었다.

"대신 제 부탁 하나를 들어주셔야 합니다, 아더."

총액 70만 파운드라는 거금에 손이 덜덜 떨리던 아더가 떨어지지 않는 입을 겨우 열어 물었다.

"부, 부, 부탁이요? 저 같은 사람이 케, 케이한테 뭘 해드릴 수 있을지……."

싱긋 웃은 건이 아더의 검은 손을 보았다.

"후후, 그냥 뭔가를 좀 배워주시면 됩니다. 취미라고 생각하세요."

건과 일리셰르 우스마노프가 앰블사이드에서 아더를 만난 다음 날.

아더는 짐을 싸 런던으로 넘어왔다. 일리셰르 우스마노프는 그에게 호텔과 식사 등의 비용을 제공했고, 공방은 섭외한 디자이너의 사무실을 이용하기로 했다.

시제품이 완성될 때까지 영국에 있을 수 없었던 건은 미국으로 돌아갔지만, 아더와 전화번호를 교환하고 이후에 연락하기로 약속했다.

아더는 건의 전화번호를 받은 후 홀린 것처럼 중얼거렸다.

"내, 내가 케이의 전화번호를 받다니……."

믿기지 않는지 건의 앞에서 직접 전화를 건 아더가 건의 주머니에서 울리는 전화를 보고 환하게 웃었다.

건은 미국으로 돌아가기 전에 아더에게 자신의 부탁을 전했고, 그 날 오후 비행기로 일행과 함께 미국으로 돌아갔다.

다시 호텔에 돌아왔다가 디자이너의 사무실로 가기 위해 런던 시내를 걷던 아더가 조금 전 건과의 대화를 떠올려 보고 인상을 찌푸렸다.

"드럼을 배우라니? 갑자기 이게 무슨 소리야?"

건이 돌아가자마자 일리셰르 우스마노프가 전화를 걸어와 드럼 교습을 받기 위한 학원의 위치와 교습 시간을 전달받은 그가 어이없는 눈을 했다.

"시계 기술자한테 드럼은 왜 배우라는 거지? 이해할 수 없네."

비가 왔는지 조금 젖어 있는 런던 시내를 둘러보던 아더가 인상을 펴고 웃음을 지었다.

"아무렴 어때! 열심히 시제품 만들어서 일리셰르 우스마노프 씨의 투자까지 받는 거야! 케이의 투자는 이미 결정되었으니까, 한 번만 더 제대로 만들어보자!"

희망에 찬 생각을 한 아더가 시내를 뛰어가 디자이너의 사무실로 향했다.

그 시각 미국으로 향하는 비행기의 퍼스트 클래스에 건과 나란히 앉아 음악을 듣던 시즈카가 이어폰을 귀에서 빼며 건을 보았다.

"아까 그 아더라는 사람에게 드럼을 배우라고 한 이유가 뭐예요?"

조금 졸리는지 눈이 풀린 건이 슬쩍 웃음을 흘리며 말했다.

"그 사람 몸에 메트로놈이 있어."

시즈카가 눈을 크게 뜨며 물었다.

"무슨 말이에요, 그게? 사람 몸에 메트로놈이 있다니요?"

건이 검지를 까딱거렸다.

"똑딱, 똑딱. 메트로놈이 머릿속에 있다고."

시즈카가 눈을 굴리며 생각해 본 후 물었다.

"박자감이 뛰어나다는 말인가요?"

건이 여전히 손가락을 움직이며 웃었다.

"그냥 뛰어난 정도가 아니야. 원자시계랑 버금가는 수준의 감각을 지녔어. 그런 사람이 드럼을 치면 어떻게 될까?"

시즈카가 머릿속으로 아더의 모습을 떠올리며 말했다.

"정확한 박자로 연주할 수 있겠죠?"

"후후, 그것뿐일까? 드럼은 밴드를 이끄는 리더야. 기타리스트나 보컬이 리더를 맡는 밴드가 많은 것은 그들이 작곡하기 때문이지 연주의 중심이라서가 아니거든. 기타나 보컬이나 모두 드럼이 토해내는 박자에 연주나 노래를 하는 거야, 그만큼 정확한 박자는 아주 중요한 문제지."

"음, 맞아요. 그렇지 않다면 모든 연주가가 메트로놈을 가져다 두고 연습하지 않겠죠."

"응, 그래서 배우라고 했어."

두 사람의 뒤에서 케빈의 머리가 불쑥 튀어나왔다.

"뭐? 드러머 영입하는 거야? 드러머면 내 마누란데, 나한테 상의해야지!"

건이 웃음을 지으며 그의 머리를 올려다보았다.

"넌 몬타나잖아, 케빈."

케빈이 머리를 쥐어뜯으며 말했다.

"몬타나지! 하지만 네가 밴드를 만들면 거기 베이시스트는 무조건 나야! 알았어?"

"푸후후, 그래?"

"카를로스에게는 미안하지만 난 그렇게 정했다고! 약속해, 네 베이시스트는 무조건 나야!"

유치하게 손가락까지 내미는 케빈의 손가락을 본 건이 목 뒤로 깍지를 낀 후 다리를 꼬며 웃었다.

"으흠~ 어쩔까나~"

케빈이 뒤에서 건의 목에 초크를 걸었다.

"빨리 약속해! 그렇지 않다면 여기서 같이 죽어버릴 거야!"

"하하하, 알았어, 알았어."

케빈은 장난칠 마음이 아니었는지 진중한 표정으로 새끼손가락을 내밀었다.

"약속해."

건이 웃으며 약속을 하자, 이번에는 시즈카가 새끼손가락을 내밀었다.

"키보드는 무조건 저로 해주기예요."

"하하, 알았어."

시즈카에게도 약속을 해준 건이 웃음을 짓자 케빈이 건의 의자에 팔꿈치를 대고 턱을 괴었다.

"그런데 그 사람 시계 기술자라며, 투자도 받았으면 비즈니스 때문에 바쁠 텐데, 드럼 배우고 녹음이나 공연을 할 시간이 있을까? 아니, 그걸 하려고 할까?"

건이 여전히 싱글거리며 발을 까딱거렸다.

"후후, 몸에 메트로놈이 있는 사람이 드럼을 치면 어떻게 되는지 알아?"

케빈이 건을 내려다보며 물었다.

"어떻게 되는데?"

비행기 창밖으로 보이는 구름으로 시선을 옮긴 건이 싱긋 웃었다.

"미치게 되겠지. 자신의 몸 안에 있는 박자가 제대로 나올 때까지 견딜 수 없이 괴로울 거야. 그리고 그것은 노력으로 이어질 것이고."

가만히 듣고 있던 시즈카가 의아한 눈으로 물었다.

"괴로워요? 음악이 괴로우면 어떡해요?"

"후후, 노력을 해서 자신의 몸에 있는 박자를 재현해 내면 더 큰 희열을 느낄 테니 걱정하지 마."

케빈이 여전히 이해가 안 된다는 표정으로 물었다.

"아니, 뭐 열심히 연습하는 것까지는 이해되는데, 제대로 밴드에 참여할까? 자기 사업 챙기기도 바쁜데 말이야."

건이 걱정 없는 표정으로 말했다.

"후후, 그건 일리세르 우스마노프 씨랑 이야기 끝냈어."

"무슨 이야긴데?"

"후후, 몰라도 돼."

"으아아악! 궁금해 죽을 것 같아! 빨리 말해!"

케빈이 소리를 지르자 스튜어디스가 다가와 말했다.

"손님, 다른 손님에게 방해가 됩니다. 자리에 앉아주시고 소리를 낮춰주세요."

스튜어디스에게 고개를 꾸벅 숙인 케빈이 자리에 앉은 건의 좌석 옆으로 고개를 내밀고 속삭였다.

"빨리 말해! 나 잠 못 자!"

"푸하하하하!"

"웃지 말고, 빨리!"

장난스럽게 웃은 건이 케빈의 반대편으로 몸을 뒤척여 시즈카 쪽으로 돌아누웠다.

잠시 시즈카와 눈을 마주친 건이 두 눈을 감으며 말했다.

"나 좀 잘게, 시즈카도 자."

뒤에서 케빈이 난리를 쳤지만, 눈을 감은 건의 얼굴에서 눈을 떼지 못한 시즈카는 결국 건이 일어날 때까지 그의 얼굴에서 눈을 떼지 못했다.

♪♪♩

한편 일리셰르 우스마노프는 며칠간 왁자지껄했던 손님들

을 배웅하고 자신의 저택으로 돌아와 서재로 향했다. 서재까지 따라와 그의 코트를 받아 든 노집사를 본 그가 물었다.

"전문 CEO 한 명 알아봐."

노집사가 살짝 고개를 숙였다.

"알겠습니다."

"주얼리나 시계 쪽 전문가면 좋겠어."

"네, 그리 하겠습니다."

"금 매입은 어찌 되어가나?"

"계속 사들이고 있습니다. 그런데 골드 바 형태로 구매 시 연말에 세금 폭탄을 맞을 수 있는데 정말 괜찮으시겠습니까?"

"아아, 괜찮아. 세금 낼 꺼 다 내고 사. 깨끗하게 말이야, 나중에 그걸로 트집 잡혀서 안 받아주면 후회스럽잖아."

노집사가 살짝 고개를 들고 의아한 눈빛을 보냈다.

"예? 누구에게 양도하시려는 겁니까?"

"자네는 신경 쓸 필요 없으니 제대로 사 모으기만 하게."

"아, 예 알겠습니다. 그리고……."

말을 흐리는 노집사에게 고개를 돌린 일리셰르 우스마노프가 물었다.

"그리고?"

잠시 엿듣는 자가 없는지 주위를 둘러본 노집사가 낮은 음성으로 말했다.

"씽치우를 친 일로 미국 CIA가 뒤를 캐고 있습니다."

일리셰르 우스마노프의 표정이 굳어졌다.

"CIA가 왜? 중국 공안도 아니고."

"씽치우와 뭔가 연관점이 있었던 것 같습니다."

잠시 생각에 잠겼던 그가 결정을 내렸는지 고개를 끄덕였다.

"CPS(Crown Prosecution Service)의 검사장 피터 핸더슨에게 전화 연결해 줘."

"네, 즉시 준비하겠습니다."

노집사가 나가고 혼자 남은 일리셰르 우스마노프가 자신이 맡고 있는 국제 펜싱 연합의 서류를 검토했다.

돋보기를 쓰고 집중하던 그는 약 한 시간이 넘게 집무를 보다가 문이 열리는 소리를 듣고 고개를 들지 않은 채 말했다.

"전화 연결됐나?"

답이 없는 상대의 반응에 인상을 쓴 일리셰르 우스마노프가 고개를 들다가 그대로 굳어 버렸다.

앉은 자세로 허둥지둥 발을 놀려 조금이라도 뒤로 물러나려 한 일리셰르 우스마노프가 더듬거리며 입을 열었다.

"왜, 왜…… 잘못한 것이 없는데 왜 또……?"

그의 눈에 산뜻한 보라색 정장을 입은 파이몬이 싱글거리며 서 있는 것이 보였다.

손에 끼고 있던 가죽 장갑을 벗은 파이몬이 그의 집무실을 돌아보며 휘파람을 불었다.

"휘익, 돈 많은가 보군."

마치 제집처럼 편하게 서재에서 이것저것을 만져보던 파이몬이 긴장된 표정으로 자신에게 시선을 고정하고 있는 일리셰르 우스마노프을 힐끔 보고 피식 웃으며 검은 가죽 소파에 털썩 주저앉았다.

"이번 일은 잘했어, 아주 만족스러워."

일리셰르 우스마노프가 안도의 한숨을 쉬었지만, 긴장의 끈을 놓지 않고 말했다.

"가, 감사합니다……."

파이몬이 소파의 팔걸이에 팔을 걸치고 편안히 기대앉으며 말했다.

"한 가지 일을 더 해줘야 할 것 같은데?"

일리셰르 우스마노프가 몸을 반쯤 일으키며 물었다.

"뭐…… 뭡니까?"

파이몬이 손을 들고 허공에 그림을 그리듯 부드럽게 손을 움직이자, 일리셰르 우스마노프의 눈앞에 환상이 보였다.

수많은 사람, 그 속에서 기타를 치며 노래하는 케이의 모습, 그의 주변에서 베이스 기타를 치며 땀을 흘리는 케빈, 눈을 감고 기쁜 표정으로 피아노를 치고 있는 시즈카가 보였다.

관객석이 보이지 않았기에 어디에서 하는 공연인지 알 수 없는 환상의 끝에 거대한 드럼 세트에 앉아 미친 듯이 드럼을 치고 있는 아더의 모습이 보였다.

딱.

파이몬이 손가락을 튕기자 환상이 거짓말처럼 사라졌다. 얼빠진 표정으로 허공을 보고 있던 일리셰르 우스마노프가 파이몬을 보자 싱그럽게 웃은 그가 말했다.

"봤지? 시계 만드는 놈, 교습 안 빠지게 제대로 관리하라고."

"예…… 예! 아, 알겠습니다."

"좋아, 금 모으기는 잘 되고 있고?"

"에, 예!"

"그래, 열심히 모으라고, 내가 지옥 고문 기술자한테 말이라도 한마디 해줄 테니 말이야."

"가, 감사합니다!"

"후훗, 감사할 것도 많군."

파이몬의 몸이 순간 픽 꺼졌다.

♪♪♩

검은색 연기 한 줄기가 피어오르는 소파를 멍하게 보던 일리셰르 우스마노프가 다급히 일어나 책상 뒤에 걸린 그림을 치우고 금고의 비밀번호를 눌렀다.

문을 벌컥 연 그의 눈에 금고 가득 쌓인 골드 바가 들어오자 조금 안심한 표정을 짓는 일리셰르 우스마노프였다.

금고를 보며 마음을 진정하던 그의 귀에 다시 문 열리는 소리가 들리자 경기하듯 놀란 그가 소리쳤다.

"으으허어억! 또 뭡니까?"

열린 문 뒤에서 놀란 표정의 노집사가 전화기를 들고 고개를 내밀었다.

"아 피터 핸더슨 검사장과 전화 연결이 되었습니다만……."

식은땀을 닦은 일리셰르 우스마노프가 얼굴을 붉게 물들이며 말했다.

"전화기 이리 주고 나가 있어."

전화기를 넘겨 준 노집사가 서재를 나서 문을 닫은 후 한숨을 쉬었다.

"점점 이상해지시는군…… 주치의와 상의를 해봐야겠어."

◈ 3장 ◈

시계를 만드는 남자(2)

일주일 후.

아더는 기존에 약속했던 시간보다 빠르게 시제품을 만들어 냈다. 전문 디자이너의 도움을 받아 제작된 시계는 일리셰르 우스마노프의 시험을 통과했다.

사실 건의 투자가 확정되는 것과 동시에 마음을 정했기에 아더의 시제품 품질은 그리 신경 쓰지 않은 일리셰르 우스마노프였다.

투자가 결정되는 날 자신을 걱정한 부모님 내외가 런던까지 찾아오셨고, 투자 결정이 되는 사무실 밖까지 와 대기하고 계셨던 부모님은 사무실을 나선 아더의 환한 웃음을 보고 만세를 불렀다.

그날 저녁 부모님과 함께 축배를 들고 호텔 방까지 안내한 아더가 조금 취기가 오른 얼굴로 핸드폰을 만지작거렸다.

그의 머릿속에 투자 결정 회의에서 일리셰르 우스마노프와 했던 대화가 떠올랐다.

♪♪♩

햇빛이 들어오지 않게 블라인드를 쳐 둔 거대하고 화려한 회의실, 긴 테이블 끝에 혼자 긴장한 표정으로 앉아 있던 아더에게 맞은편 끝에 앉은 일리셰르 우스마노프가 웃으며 말했다.

"투자 결정이 되었습니다. 케이와 마찬가지의 금액으로 결정될 것이며 투자 지분 협상에 대해서는 추후 다시 이야기하도록 하죠."

재빨리 다가온 비서가 투자 결정 계약서를 내밀었고, 지분은 추후 추가 계약서로 결정한다는 부분과 금액 부분을 명시한 간이 계약서라 길게 읽어볼 필요도 없는 짧은 서류였기에 바로 서명을 한 아더가 긴장이 풀렸는지 의자에 등을 기대며 한숨을 쉬었다.

어느새 자신의 곁에 다가온 일리셰르 우스마노프가 그의 어깨를 툭툭 치며 말했다.

"이제 제대로 해봐야죠? 시제품은 말 그대로 시제품일 뿐, 저걸 그대로 상품화할 수는 없습니다. 아시죠?"

아더가 자리에서 벌떡 일어나 결의에 찬 표정으로 말했다.

"그럼요, 잘 알고 있습니다. 열심히 해서 투자하신 것에 대해 후회하지 않으시도록 하겠습니다."

"하하, 그 결심이 변하지 않길 빕니다."

"기회를 주셔서 정말 감사합니다, 일리셰르 우스마노프 씨."

"음…… 저보다는 케이에게 감사하는 것이 맞을 것 같군요."

"아, 예! 케이에게도 정말 감사하고 있습니다."

"음…… 실은 당신에게 투자하는 결정적인 이유는 케이에게 있었습니다. 그의 투자가 확정되는 순간 우리 아스날 홀딩스의 모든 이사가 반대할 명분을 잃었으니까요. 소액이지만 만장일치로 투자가 결정되는 일은 드물거든요."

"그, 그렇습니까?"

"그렇지요, 케이가 투자한다는 것이 무슨 의미인지 모르십니까?"

아더가 생각지도 못한 질문이었는지 더듬거렸다.

"그…… 연예인들도 개인적인 사업을 하거나 투자를 하는 것으로 알고 있는데…… 이 역시 그의 일환이 아니었나요?"

일리셰르 우스마노프가 팔짱을 끼며 웃었다.

"맞습니다만, 핀트가 조금 어긋났군요. 케이는 세계적인 스타입니다. 그가 투자했다는 것이죠, 그것도 아스날 홀딩스와 동일한 금액이니 대주주가 되겠죠? 그렇다는 것은 마케팅적 부분에서 케이의 도움을 받을 수 있다는 것을 뜻합니다. 무슨 말인지 아시겠습니까?"

"아…… 예, 광고 같은 것에 도움을 받을 수 있다는 뜻이군요."

일리셰르 우스마노프가 피식 웃으며 말했다.

"아직 정확히 인지하지 못하고 계시는 군요, 케이가 지금까지 찍은 광고는 단 세 편입니다. 먼저 한국의 SJT 그룹과 1,500만 달러에 계약했죠, 그리고 독일의 메르시 반츠와 3,400만 달러, 미국 정부와의 계약에서는 7,000만 달러를 받아냈습니다."

세계적으로 화제가 된 뉴스였기에 아더 역시 알고 있었는지 고개를 끄덕였다.

"대단했죠."

일리셰르 우스마노프가 눈웃음을 지으며 말했다.

"당신이 브랜드를 만들고 케이가 투자를 했다. 그것은 더 레이크의 광고를 무제한으로 부탁할 수 있는 프리 패스를 얻은 것입니다. 그 가치는 2억 달러를 상회할 것으로 보고 있지요."

아더가 벌떡 일어나며 경악에 찬 얼굴을 했다.

"2…… 2억 달러요?"

"네, 그렇기에 우리 아스날 홀딩스 이사회에서는 좀 더 투자를 해서 케이보다 많은 지분을 확보하자는 주장이 나왔지요, 아니, 나온 수준이 아니라 투자금을 높여야 한다는 강력한 주장이 있었습니다."

투자금이 더 높아질 수 있었다는 사실을 이제야 안 아더가 의아한 표정으로 말했다.

"그런데 왜 투자금이 그대로인지……."

일리셰르 우스마노프가 그의 어깨에 손을 올리고 말했다.

"케이의 뜻이었습니다. 투자 결정 회의에서 케이와 전화 연결을 했었죠."

"케…… 케이가 투자금을 더 높이는 것에 반대했다는 뜻인가요?"

아더의 실망한 표정을 본 일리셰르 우스마노프가 실소를 지었다.

"사업이 처음이라 이 부분은 잘 모르시겠군요, 아더 호지슨 씨. 투자금이 높아진다는 뜻은 그만큼 회사에서 지분을 많이 가져간다는 뜻입니다. 당신에게는 초기 투자자금이 없으니 더 하죠. 그렇다는 것은 이후 당신의 브랜드인 더 레이크의 경영권에 아스날 홀딩스의 개입이 많아진다는 뜻이고, 그것은 브랜드가 성공한 후 당신의 발목을 잡게 될지도 모릅니다."

이 부분에 무지했던 아더가 눈을 휘둥그렇게 뜨자 일리셰르 우스마노프가 웃으며 말했다.

"케이는 그 부분을 걱정한 것입니다. 받으신 투자금으로 회사 설립은 충분합니다. 필요 이상의 투자는 나중에 오히려 독이 될 수 있죠. 그는 당신이 온전히 더 레이크를 성공시킬 수 있도록 조절해 달라는 요청을 해왔고, 그래서 투자금을 높이자는 이사들의 의견을 묵살한 것이죠."

아더가 잠시였지만 케이에게 실망했던 자신을 자책하며 말했다.

"아…… 케이가 절 위해서……."

"하하, 그렇습니다."

"아…… 정말 고마운 일이었네요. 그것도 모르고 전……."

"자책은 거기까지. 이제는 노력해야 할 때입니다. 케이에게 정말 고맙다면 그가 시킨 조건을 완수하세요. 그것이 당신이 그에게 보답할 수 있는 유일한 방법입니다."

"조건…… 이요? 아, 드럼이었죠?"

"네, 바로 그것이죠."

아더가 살짝 눈썹을 찡그리며 물었다.

"혹시 왜 제게 드럼을 배우라고 하는지 들으신 것이 있나요?"

일리셰르 우스마노프가 파이몬이 보여 준 환상을 떠올렸다가 이내 고개를 저었다.

"아니요, 저도 들은 바는 없습니다."

아더가 다시 자리에 털썩 주저앉으며 말했다.

“휴…… 드럼이라니…… 한 번도 관심을 가져본 적이 없어서 걱정이네요.”

“후후, 취미 삼아 한다고 생각해서는 케이에게 보답한다고 볼 수 없죠, 최선을 다해 보세요.”

“네…… 그래야죠.”

♪♪♩

호텔 방 침대에 앉아 기억을 더듬던 아더가 만지작거리던 전화기를 들어 전화번호를 찾았다. 액정에 떠오른 건의 전화번호를 한참 보던 아더가 긴장된 얼굴로 통화 버튼을 눌렀다. 수화음이 서너 번 들리고 약간 밝은 목소리의 건이 전화를 받았다.

-여보세요, 아더?

아더가 침을 꿀꺽 삼킨 후 말을 더듬었다.

“저, 저…… 케이 전화 맞나요?”

-하하, 맞아요.

“케, 케이…… 아더입니다.”

-하하, 제가 전화 받자마자 말했잖아요.

“아, 그런가요? 그…… 투, 투자가 결정되었습니다.”

-알아요. 축하해요, 아더.

"저, 정말 고맙습니다. 이걸 어떻게 갚아야 할지……."

-제가 한 일은 별로 없는걸요, 그저 열심히 하셔서 성공으로 보답해 주세요.

"네, 네! 무, 물론입니다! 에…… 그리고."

-네, 말씀하세요.

"내일 오전부터 바로 드럼 교습소에 가려고 합니다. 케이에게 보답하기 위해서라도 열심히 배워보겠습니다."

-하하, 그래요. 고마워요.

"그런데…… 제가 왜 드럼을 배워야 하는지 알 수 있을까요?"

-후후, 그건 아마 내일이 되면 알 수 있으실 거에요.

"예? 내, 내일요?"

-하하, 드럼 배우다가 빠져서 시계 브랜드 쪽 일에 소홀하시면 안 됩니다?

"그, 그럴 리가요. 그쪽이 본업인 걸요."

-후후, 과연 그렇게 될까요? 어쨌든 열심히 하셔서 성공하시고 자주 연락주세요.

"자, 자주…… 네, 네! 그렇게 하겠습니다!"

-네, 그럼 또 연락해요.

"네, 네! 가, 감사합니다!"

자기도 모르게 혼자 있는 호텔 방에서 일어나 허리를 굽실

거리던 아더가 전화가 끊길 때까지 허리를 굽히고 있었다.

그러고는 거울에 비친 자신의 모습을 보고 화들짝 놀라 허리를 폈다. 아직 실감이 나지 않는지 가만히 전화기를 내려다보던 아더가 활짝 웃으며 침대에 대자로 누웠다. 오늘따라 천장의 벽지마저 아름답게 보이는 아더가 하늘로 주먹을 뻗으며 소리쳤다.

"그래! 드럼이든 브랜드 런칭이든 다 해보자!"

다음 날 호텔에서 간단히 점심을 해결한 아더가 일리셰르우스마노프가 미리 알려준 드럼 교습소로 향했다. 아스날 홀딩스의 건물에서 불과 오분 여 떨어진 드럼 교습소는 드럼만 가르치는 것이 아닌지 기타나 베이스, 건반과 보컬 소리도 흘러나오고 있었다.

실용음악을 전공하려는 학생들이 많은지 학원 근처는 어린 학생들이 각자의 악기를 들고 지나다니고 있었다.

학생들에 비해 연배가 높은 아더가 분위기에 적응하지 못하고 머뭇대다가 조심스러운 손길로 학원의 유리문을 열었다.

학원 입구의 작은 로비 책상에 앉아 있던 남자 두 명이 자리에서 일어나며 물었다.

"어떻게 오셨습니까?"

아더가 학원에 완전히 들어오지 않고 문가에 서서 말했다.

"저…… 오늘부터 드럼을 배우기로 한 사람인데요."

두 남자 중 한 명이 다가오며 말했다.

"아, 그러시군요. 들어오세요. 성함이?"

"아, 아더 호지슨입니다."

"아~ 아스날 홀딩스에서 연락해 온 그분이군요. 이쪽으로 앉으세요."

"에…… 가, 감사합니다."

그가 안내한 곳은 작은 회의실이었다. 혼자 원목으로 장식된 인테리어를 보고 있던 아더가 커피를 가져온 남자를 보고 자세를 바로 했다.

커피 두 잔을 테이블에 놓은 남자가 맞은편에 앉으며 웃었다.

"저는 웨인 실턴이라고 합니다. 이곳 SNMA 아카데미의 드럼 강사이고요."

아더가 커피를 받아 들며 말했다.

"예, 반갑습니다. 저는 아더 호지슨입니다."

"하하, 그나저나 아스날 홀딩스와는 어떤 관계이신가요?"

"아…… 사업 파트너라고 해야 할까요?"

"사업 파트너요?"

"예, 제 사업의 투자자입니다."

웨인이 고개를 갸웃하며 물었다.

"사업 파트너에게 드럼 교습을 무제한권으로 끊어줬다고요?"

아더가 살짝 놀라며 물었다.

"무제한권이 무엇인가요?"

"원래 교습소는 일주일에 1회 한 시간의 교습을 하고 나머지는 개인 연습입니다. 하지만 당신에게는 당신이 원할 때 언제든 교습이 가능한 프리패스가 있어요. 즉, 당신이 원한다면 하루 여덟 시간씩 일주일 내내 교습을 받을 수도 있다는 뜻이죠."

"아…… 그렇군요."

"요새 사업 파트너에 대한 접대는 제 상식과 다른가 보군요, 하하. 그럼 바쁘신 분일 테니 오늘은 학원을 둘러보고 기본 교육만 진행하도록 하겠습니다. 이쪽으로 오시지요."

"아, 예, 예."

웨인을 따라 로비에 있는 입구 반대편 연습실로 가는 방음문을 지난 아더가 얼굴을 찡그렸다. 여러 곳에서 들려오는 악기의 음악 소리를 들은 아더의 표정이 찡그려지는 것을 본 웨인이 살짝 웃으며 말했다.

"시끄럽죠? 하지만 개인 연습실로 들어가면 소리가 들리지 않을 테니 걱정 마세요."

아더가 닫힌 개인 연습실에서 들려오는 소리 중 드럼 소리가 나는 방을 보며 얼굴을 찡그렸다.

여러 방을 지나다가 한 곳의 문을 보며 더욱 인상을 찌푸린 아더가 문에 손가락질을 하며 물었다.

"이 방에 계신 분은 드럼을 배운지 얼마 안 되신 분인가 봅니다."

웨인이 문을 보고 살짝 고개를 저었다.

"음, 아닙니다. 한 일 년은 연습하신 분이에요."

아더의 얼굴이 더욱 찡그려지는 것을 본 웨인이 의아한 눈으로 물었다.

"왜 그러시죠?"

아더가 아니라는 듯 손사래를 쳤다.

"아, 아무것도 아닙니다. 가시죠."

어깨를 으쓱한 웨인이 몸을 돌리자 그에게 보이지 않게 자신의 귀를 막고 얼굴을 찌푸린 아더가 속으로 외쳤다.

'이게 무슨 박자야? 하나도 안 맞잖아! 백 분의 삼 초 이상 차이가 난다고!'

교습소를 둘러보고 화장실과 흡연실 등의 간단한 안내를 한 웨인이 조금 구석에 있는 연습실 문을 열었다.

"자, 이곳입니다. 미스터 호지슨에게 제공되는 전용 연습실이고, YAMAHA에서 만든 9기통 드럼이 있는 연습실이지요. 아스날 홀딩스의 요청사항이고, 비용은 모두 지불되어 있습니다."

문을 열고 기다리는 웨인을 지나친 아더가 연습실 안을 보았다. 두 평이 겨우 넘는 공간이 비좁아 보일 만큼 거대한 주황색 드럼 세트를 본 아더가 살짝 질린 얼굴로 말했다.

"드럼이 이렇게 컸군요, 가까이서 보는 건 처음이라 압박감이 드네요."

웨인이 웃으며 바지 뒷주머니에서 스티커로 묶여 있는 새 드럼 스틱을 꺼내 넘겨주었다.

"처음 드럼을 마주하면 악기가 주는 위압감에 압도되는 분들이 대부분이죠. 그만큼 악기의 덩치도 크고 소리도 커서 초심자들은 겁을 먹게 마련입니다. 하지만 걱정 마세요, 문을 닫으면 아무도 당신을 보지 못하는 밀실이 되니까요. 자 그럼 오늘은 첫날이니 이론과 기본기 수업만 해볼까요?"

바로 드럼에 앉을 것이라는 아더의 생각과 달리 간이 의자 두 개를 편 웨인이 자리를 권했다.

아더가 자리에 앉자 자동차 타이어를 잘라 만든 것으로 보이는 패드 한 장을 꺼낸 웨인이 조금 낡아 보이는 드럼 스틱으로 패드를 두드렸다.

"가장 먼저 해야 할 기본기는 정확한 박자로 이 패드를 치는 것입니다. 아마 정확한 박자가 나온다고 해도 오래가기는 어려울 거예요, 최대한 오래 정확한 박자를 유지하시는 것이 이 기본 연습의 핵심입니다. 자, 보세요."

두르르르르르르르르르르르.

정확한 박자로 패드를 두드리는 웨인의 손에 잡힌 드럼 스틱이 잔상을 남기며 보이지 않을 만큼 빠르게 움직였다. 박자를 달리해 여러 박자를 보여 준 웨인이 패드를 내밀며 말했다.

"항상 오른손부터 시작하세요, 이건 집에서 연습하시면 됩니다. 매일 30분 이상은 연습하셔야 정확한 박자가 귀에 익을 겁니다."

패드를 챙겨준 웨인이 작은 사각형 기계와 헤드폰을 내밀었다.

"메트로놈입니다, 헤드폰을 쓰고 작동을 시키면 원하는 박자가 소리로 표현되죠, 연습할 때 착용하시면 됩니다. 한번 해 보시겠어요? 자, 여기 이 버튼을 누르면 4분의 2박자의 기본 박자가 소리로 나오게 됩니다."

웨인이 시키는 대로 헤드폰을 쓰고 박자를 들어본 아더가 다시 얼굴을 찡그렸다.

그의 표정을 본 웨인이 작동을 멈추고 물었다.

"왜 그러세요?"

아더가 건방져 보이지 않기 위해 최선을 다하며 조심스럽게 말했다.

"저…… 선생님, 메트로놈 박자가 안 맞는데요."

"예? 그럴 리가요, 줘보세요."

웨인이 헤드폰을 쓰고 박자를 재생시켰다. 약 30초간 박자를 듣던 그의 표정이 일그러졌다.

웨인 실턴은 버클리 음대 실용음악과를 우수한 성적으로 졸업한 인재였기에 미세하게 어그러진 박자를 알아챈 그가 헤드폰을 벗으며 자리에서 일어났다.

"이런, 죄송합니다. 미세하게 박자가 어그러진 것이 맞네요, 잠시만 기다리세요, 사무실에서 새 걸 가져오겠습니다."

"아, 예 선생님."

아더를 혼자 남겨둔 웨인이 연습실을 나서다가 문득 경악한 표정으로 아더가 있는 연습실 문을 보았다.

"드럼은커녕 악기 한번 잡아본 적이 없는 초심자가 이렇게 미세한 박자를 알아챘다고? 나도 30초나 듣고 알아챈 것을 몇 초 듣지도 않고?"

웨인이 손에 들고 있는 불량 메트로놈을 내려다보았다.

"이게 가능해?"

한참 메트로놈을 만지작거리던 웨인이 고개를 들고 아더가 있는 연습실을 보았다.

"천재일까?"

그가 손에 쥔 메트로놈을 꽉 쥐었다. 약한 기계인 듯 뿌드득 소리를 내며 부서지는 소리를 낸 기계를 힐끔 본 웨인이 사무실로 발걸음을 옮기며 진지한 표정을 지었다.

"가르쳐 보면 알겠지."

사무실로 돌아가 직원에게 메트로놈을 던진 웨인이 고함을 쳤다.

"이 메트로놈 방금 포장을 뜯은 신품인데 불량이야! 회사에 전화해서 항의하고, 새 제품으로 바꿔달라고 해!"

진열대에서 새로운 메트로놈을 꺼낸 웨인이 바로 포장을 뜯고 헤드폰을 연결한 후 집중했다. 1분 이상의 시간 동안 검증을 마친 웨인이 아더에게로 돌아가 가장 쉬운 4분의 2박자를 가르쳐 준 후 스틱을 넘겼다. 드럼 세트 앞의 동그란 의자에 앉은 아더가 긴장된 표정으로 드럼을 내려다보았다.

새하얀 가죽에 누군가의 손때가 묻은 듯 가운데가 살짝 검어진 스네어 드럼, 여기저기 살짝 찍힌 자국이 있었지만, 관리가 잘 되었는지 반짝거리는 빛이 나는 하이햇 심벌, 새로 바꾼 듯 찍힌 자국 하나 없는 크래쉬 심벌과 라이드 심벌을 살펴본 아더가 숨을 고르고 웨인이 알려준 박자를 치려는 순간이었다.

자신을 가로막는 웨인의 손에 의해 흐름이 끊긴 아더가 고개를 들었다.

손을 내민 웨인이 웃으며 말했다.

"제가 그립 쥐는 법을 알려 드리지 않았군요, 스틱을 줘보세요."

아더가 넘겨준 스틱을 받은 웨인이 그립의 3분의 2부분을 잡으며 말했다.

"일반적으로 록 음악을 하는 뮤지션들이 잡는 그립은 매치드 그립이라고 합니다. 엄지와 집게손가락으로 스틱을 잡고 나머지 세 손가락은 가볍게 붙이기만 하는 그립이죠, 스틱을 세 등분 한 후 밑에서 첫 번째 마디를 잡으시면 됩니다."

웨인에게 스틱을 잡는 법을 배운 아더가 조금 어색한 몸짓으로 스틱을 잡은 후 4분의 2박자를 연주했지만, 처음 해본 연주가 제대로 된 박자를 연주할 리 없었다.

웃음을 지은 웨인이 몇 번 더 교정을 해주자 4분의 2박자와 엇비슷한 연주가 가능해졌다. 자리에서 일어난 웨인이 문을 열고 나서며 말했다.

"20분 후에 다시 올 테니 그때까지 개인 연습을 하세요."

혼자 남은 아더가 몇 번 더 연습을 해본 후 빛나는 드럼 세트의 베이스 페달을 신경질적으로 밟았다.

"제길! 이 박자가 아니잖아! 다 틀렸다고!"

누가 보면 처음 드럼을 잡아본 사람치고 꽤나 재능 있다고 생각할 만큼 괜찮은 4분의 2박자였지만 정확한 박자감을 지닌 아더는 자신이 내는 소리에 만족할 수 없었다. 몇 번이나 머리를 쥐어뜯고 드럼 스틱을 던져 버렸던 아더였지만 그때마다 고마웠던 케이를 떠올리며 다시 스틱을 주워 들었다.

다른 교습실에 있는 학생에게 원포인트 레슨을 해주고 나온 웨인이 아더의 방에서 울리는 소리를 듣고 고개를 끄덕였다.

"음, 배우는 게 빠르네, 지겨울 테니 다음 박자를 알려줘 볼까?"

연습실 문을 열고 들어가니 어느새 메트로놈 헤드폰을 벗어 던진 아더가 눈을 감고 연주하는 것이 보였다.

자신이 들어온 것도 눈치채지 못할 만큼 집중하는 아더를 본 웨인이 팔짱을 끼고 그가 연주하고 있는 박자를 보며 고개를 끄덕이다가 박수를 쳤다.

"자자, 아더 씨? 한 가지 박자만 연주하니 지겨우시죠? 다음 박자도 배워 볼까요?"

연주를 하다 멈춘 아더가 인상을 찡그렸다.

"저…… 선생님. 아직 박자가 안 맞는데요."

드럼 세트로 다가오던 웨인이 멈칫했다.

"예? 아…… 완전히 박자가 맞으려면 꽤 오래 치셔야 하는데, 한 박자만 연주하시면 지겹지 않으세요? 간단한 플램이나 러프를 배우시면 좀 덜 지겨우실 텐데요."

아더가 고개를 저었다.

"기본 박자도 제대로 치지 못하는 주제에 다른 걸 배우는 것은 만용인 것 같아요, 이것부터 제대로 하겠습니다, 선생님."

웨인이 실용음악 전공 학생들도 가지지 못하는 마인드를 가진 아더를 보며 환하게 웃었다.

“그래요? 하하, 알겠습니다. 그럼 연습하실 만큼 하시고 만족하시면 사무실로 오세요. 다음 커리큘럼은 그때 알려 드리겠습니다.”

만족한 웃음을 지은 웨인이 문을 닫고 연습실을 나섰다. 힐끔 뒤를 돌아본 웨인이 고개를 끄덕였다.

“음, 나이가 좀 있어 보여서 취미로 하는 사람인 줄 알았는데…… 역시 아스날 홀딩스의 요청에는 이유가 있었던 건가?”

잠시 아더의 연습실을 보던 웨인이 또 다른 학생이 기다리는 연습실 문을 열었다. 두어 시간가량 다른 학생들의 연습을 지도하던 웨인에게 사무실의 직원이 새로 들여올 악기의 영업사원이 미팅을 요청한다는 말을 들었다.

웨인은 미팅을 위해 가까운 카페를 찾았다. 약 한 시간가량의 미팅이 끝나고, 바깥 일을 본 웨인이 사무실로 돌아와 직원에게 물었다.

“좀 늦었네, 그래도 들어가 있던 학생들 교습은 끝내고 온 거니 이제 오후 수업의 학생들 커리큘럼을 좀 보자고.”

직원이 내민 커리큘럼 표를 검토하던 웨인이 갑자기 생각났다는 듯 직원에게 고개를 들었다.

“스튜디오 Z에 있던 아더 호지슨 씨는 언제 돌아가셨지?”

직원이 모니터로 고개를 돌려 복도에 있는 CCTV를 확인하고 말했다.

"아직 안 나오셨는데요, 스튜디오 Z에 아직 사용 중이라는 불이 들어와 있어요."

"뭐?"

웨인이 고개를 내밀어 직원이 보고 있는 모니터를 보았다.

"아니, 네 시간 동안 박자 하나를 연습하고 있단 말이야?"

직원은 상황을 몰랐기에 그저 어깨만 으쓱했다.

커리큘럼 표를 놓고 연습실 복도를 걷는 웨인의 귀에 아더의 연주가 흘러들어 왔다. 놀랍도록 정확한 타이밍의 박자를 들은 웨인이 그대로 굳어졌다.

"고작 네 시간 만에?"

발걸음을 빨리한 웨인이 아더의 연습실 문을 열자 마침 잠시 연주를 멈추고 물을 마시던 아더가 그를 돌아보았다. 웨인이 놀랍다는 얼굴로 박수를 치며 말했다.

"이렇게 끈기 있게 연습하는 학생은 처음이군요! 정말 대단합니다, 네 시간 만에 이런 수준의 박자감을 익히시다니 재능도 최고로군요!"

웨인의 칭찬에 웃음을 지은 아더가 고맙다는 듯 묵례를 하자 웨인이 드럼 세트로 다가오며 손을 내밀었다.

"스틱을 주세요, 다음 박자를 알려 드릴게요, 오늘은 장시간 연습을 하셨으니 대략적인 박자만 보시고, 내일 배우는 것으로 하죠."

아더가 웨인의 손을 보더니 고개를 저으며 드럼 스틱을 뒤로 뺐다.

웨인이 그런 아더를 의아한 눈으로 보며 물었다.

"왜 그러시죠?"

아더가 이마에 흐르는 땀을 훔친 후 말했다.

"아직 박자가 완전하지 않아요, 선생님."

"예? 맞는 것 같은데요, 거의 완벽하게 4분의 2박자가 맞아떨어집니다."

"아니요, 아직 아니에요."

인상을 찌푸린 웨인이 메트로놈 헤드폰을 쓰고 말했다.

"한번 연주해 보실래요?"

그의 지시에 4분의 2박자를 연주하는 아더는 여전히 표정이 좋지 않았다. 하지만 메트로놈 박자와 정확히 맞아떨어지는 박자를 확인한 웨인은 헤드폰을 벗으며 환하게 웃었다.

"완벽해요, 그 정도는 감만 잃지 않는다면 완벽한 4분의 2박자라고 할 수 있습니다, 아더! 정말 대단해요!"

아더가 여전히 찡그린 표정으로 자신의 짧은 머리를 털었다. 땀방울이 튀어 비산하는 것을 본 아더가 진지한 표정으로 말했다.

"아직, 아직 아닙니다."

아더가 이해되지 않는다는 표정을 한 웨인은 아더의 박자감이 자신보다 뛰어나다는 것을 그때는 눈치채지 못하고 있었다.

♬♪♩

건이 미국으로 돌아온 지 2주가 지났다. 새 학기가 시작되었고, 건은 다시 학교에 나갔지만 이미 학생들 사이에서 논외의 존재가 된 건에게 무리한 수업은 없었다.

학교를 더 다니는 것이 의미가 있을까, 라는 생각이 들 정도로 이미 알고 있거나, 완성한 단계에 대해 수업을 받던 건이 자신의 이러한 상태에 대해 논의할 수 있는 상대는 샤론 교수밖에 없었다.

학기 시작 전 미리 인사를 드리고, 매일 같이 얼굴을 보는 샤론 교수였기에 별 거리낌 없이 교수실의 문을 두드린 건의 눈에 혼자 교수실 중앙에 간이 의자를 놓고 기타를 들고 앉아 있던 샤론이 들어왔다.

"어, 교수님? 교수님 정도 되시는 분도 연습을 하시는군요?"

샤론이 고운 웃음을 지으며 기타를 옆으로 내려두었다.

"연주자는 매일 연습을 해야만 손이 녹슬지 않죠, 저쪽으로 앉아요."

샤론의 말에 항상 그녀와 대화를 하던 소파에 자리를 잡은 건이 고민스러운 눈빛을 지우지 못한 것을 본 샤론이 웃으며 차를 끓였다.

잠시 물이 끓어오르기를 기다리던 샤론이 뒤를 돌아보지 않은 채 말했다.

"학교…… 더 다녀야 할지 고민되어서 온 거죠?"

자신의 마음을 꿰뚫어 보고 있는 샤론을 놀란 눈으로 본 건이 안절부절못하며 말했다.

"아, 아니. 꼬, 꼭 그런 건 아니고요, 그냥 고민이 되는 수준이에요."

끓는 물을 티백이 담긴 찻잔에 부어 가져온 샤론이 차 한잔을 내밀며 말했다.

"호호, 그래요. 충분히 그럴 만한 상황이죠, 케이의 나이에 스타가 된 학생들이 이런 고민을 하다가 자퇴를 하는 것을 많이 보아왔거든요."

가만히 김을 내는 찻잔을 보던 건이 입술을 삐죽 내밀었다.

"어떻게 하는 것이 옳은 걸까요, 교수님?"

샤론이 아름다운 웃음을 지으며 찻잔을 들어 입바람으로 차를 식혔다.

"호오, 호오, 후르륵. 하, 맛있네요. 드세요."

샤론의 권유에 차를 한 모금 마신 건이 살짝 미소를 지었다.

"언제나 느끼는 것이지만 교수님의 차는 정말 맛있어요. 아!

이번에 영국에서 사귄 친구네 어머님이 직접 재배하신 찻잎을 좀 보내주셨는데, 내일 좀 가져다 드릴게요. 차 맛이 끝내주거든요."

"호호, 그래요. 감사히 마실게요."

학교생활과 자신의 고민에 대해 토로하는 건을 본 샤론은 그저 아무 말 없이 답답한 건의 마음을 잘 들어주었다.

배울 것 없는 수업, 교수들은 능력이 있지만 배우는 학생들과 눈높이를 맞추는 교육 덕에 자신에게는 도움이 되지 않는 수업이 건에게는 가장 큰 고민이었다.

학교에 와 배우는 것 없이 그저 시간만 보내는 것 같은 느낌을 받은 지 벌써 일주일이 넘었기 때문이었다. 마음에 쌓인 것이 꽤 되었는지 건의 이야기는 한참 계속되었다.

아무 말 없이 건이 말을 멈추기를 기다리던 샤론이 그의 말이 멈춘 것을 확인하고 찻잔을 내려놓았다.

"끝났나요?"

학교 일이라 병준이나 린에게 털어놓지 못한 고민들, 같은 학생이었지만 자신을 멀게만 보는 친구들에게 상담하지 못한 고민을 말한 건이 약간 홀가분한 표정으로 소파에 몸을 묻었다.

"휴우, 네. 다 이야기했어요."

샤론이 눈웃음을 지으며 말했다.

"후련해요?"

건이 샤론의 눈을 보며 멍하게 있다가 이내 짙은 미소를 지었다.

"네, 후련하네요."

샤론이 건의 차가 식었는지 확인해 보기 위해 손등을 그의 찻잔에 대어 보았다. 아직 따뜻한 차를 확인한 샤론이 턱을 괴며 건과 눈을 마주쳤다.

"사실 논의가 필요해서 온 것이 아니죠?"

건이 어리둥절한 표정으로 물었다.

"네? 맞는데요?"

샤론이 미소를 지으며 말했다.

"그냥 불만을 들어줄 사람이 필요했잖아요, 내가 아는 당신은 자신의 결정을 남에게 미루는 사람이 아니에요, 남의 의견은 어떤지 귀를 열고 듣는 사람이긴 하지만 자신의 의견과 결정을 믿고 밀고 나가는 타입이죠, 고집쟁이라는 말 많이 듣지 않아요?"

건의 머릿속에 병준이 그려졌다.

계면쩍게 웃은 건이 고개를 끄덕이자 샤론이 웃었다.

"그것 봐요. 당신은 그저 쌓인 불만을 말하고 싶었던 것뿐이지요, 호호. 그래서 결정은 했나요?"

건이 한숨을 쉰 후 말했다.

"3년이나 다녔고, 이제 1년 남았는데 조금만 더 버티는 것이 어떨까 하는 생각이 우선이긴 한데, 시간 낭비를 하고 싶지 않은 마음도 커서 아직 결정은 못 했어요."

샤론이 고개를 끄덕이다가 문득 건을 보며 말했다.

"시간을 낭비하고 싶지 않다? 그럼 낭비하지 않게 해주면 되는 것 아닌가요?"

건이 의문스러운 눈으로 샤론을 보자, 그녀가 웃으며 말했다.

"이제 4학년이죠. 일반적인 대학에서는 4학년 때 인턴이나 취업 활동을 권유하고, 그를 학점으로 인정해 주고 있어요. 우리 줄리어드에는 그런 방침이 없지만, 담당 교수가 허락한다면 당신의 활동을 학점으로 인정해 줄 수 있어요."

건이 조금 놀란 표정으로 말했다.

"학장님이 허락하실까요?"

"호호호, 자신이 누구라고 생각하는 거예요? 학장님은 케이가 학교를 중퇴하는 것은 어떻게든 막으려 하실 텐데, 이렇게 안 해주면 자퇴할지도 모른다고 으름장을 놓으면 자기가 어쩌겠어요? 호호."

건이 여러 사람에게 민폐를 끼치는 것은 아닐까 고민하는 표정을 짓자 샤론이 다가와 그의 어깨를 어루만졌다.

"내가 알아서 할 테니, 앞으로의 준비를 하세요. 졸업하고 나면 본격적으로 뮤지션의 인생을 살아가야 할 테고, 준비할 것이 많을 테니까요."

샤론을 올려다보는 건의 눈빛에 고마움이 감돌았다. 자신의 어깨 위에 놓인 그녀의 손에 살포시 자신의 손을 올린 건이 웃었다.

"교수님이 제 담당 교수님이라 정말 다행이에요."

"호호, 그리 말해주니 고맙네요. 쿠키도 줄까요?"

"네, 주시면 감사히 먹겠습니다."

샤론이 서랍에서 쿠키가 싸인 종이를 열고 그릇에 쿠키를 담는 것을 본 건이 말했다.

"저, 그런데 한 가지 고민이 더 있어요. 이건 교수님께 말씀드릴 고민은 아니긴 한데…… 하하, 뭐랄까 그냥 엄마한테 뭐든 말하고 싶은 꼬마 심정이 되어 버렸네요. 들어주실래요, 교수님?"

그릇에 담은 쿠키를 가지고 테이블로 다가오던 샤론이 웃으며 말했다.

"케이의 엄마 나이는 아니지만, 기분은 좋네요. 뭐든 말해보세요."

건이 팔짱을 끼고 머릿속으로 아더를 떠올렸다.

"제가 이번에 투자를 하나 했거든요, 영국에 있는 친구가 시계를 만드는데 그 시계 브랜드를 런칭시키려고 해요. 투자자인 만큼 제가 광고에 출연하는 등의 도움을 주고 싶은데, 혼자서는 아무 생각도 안 나서요. 하하, 제가 워낙 사업 쪽은 재능이 없잖아요."

샤론이 의아한 눈으로 물었다.

"음? 케이에게는 마케팅 천재라고 불리는 손린 이사가 있지 않나요?"

건이 뒤통수를 긁으며 말했다.

"아…… 그게 이번 투자는 개인적인 것이거든요, 판타지오를 통해 수익의 분배가 되면 모를까, 제 개인 투자일로 이사님께 도움을 요청하면 안 되죠. 바쁘신 분인데 들어주실 리도 없고요."

샤론이 싱긋 웃으며 말했다.

"말은 해봤어요?"

"아뇨, 말도 못 꺼냈죠, 하지만 병준이 형이 알고 있으니 린 이사님도 제가 개인 투자를 했다는 것은 알고 계실 거예요."

"말해보지 그래요."

"에이, 어떻게 그래요? 미안하게……."

"호호, 그쪽은 기다리고 있을지도 모르잖아요?"

"네? 왜 기다려요. 귀찮아하실걸요. 워낙 바쁘신 분이라……."

샤론이 맛을 좀 보라는 듯 건 쪽으로 쿠키를 밀며 말했다.

"음, 아직 케이가 학교에 있어야 할 이유가 또 하나 있군요. 아직 정신적으로 더 성장해야겠어요, 호호."

건이 의문스러운 눈빛으로 물었다.

"예? 정신적인 성장이요?"

"호호, 상대는 내가 이렇게 나올 때 이런 마음을 가질 거야, 그러니 나는 이렇게 행동해야 해. 이러한 생각은 매너와 상식을 가진 사람이 하는 당연한 의식 흐름이에요. 그런 생각이 없는 사람은 남을 배려하는 마음을 가질 수 없는 부류의 인간들이죠."

건이 고개를 끄덕이자 샤론이 말을 이었다.

"하지만, 케이. 만약 '상대가 내가 이렇게 나올 때 이런 마음을 가질 거야'라는 생각 자체가 틀렸다면 어떻게 될까요?"

"어…… 그렇게 되면……."

"호호, 뒤에 이어지는 나의 행동도 틀린 것이 되겠죠. 여기서 중요한 것은 나의 행동이 틀렸다는 것이 끝이 아니라는 것입니다. 나를 배려하고 나를 위해주는 사람에게 중요한 일에 대한 상의나 도움을 요청하지 않는 행위는 상대에게 실망감을 주게 되지요."

"아…… 그, 그렇군요."

"이야기해 보세요, 안 되면 미안하다고 하면 되는 겁니다."

"음…… 그럴까요?"

"여기서 해볼래요?"

"지금 바로요?"

"네, 호호. 저도 궁금하니까요."

잠시 고민하던 건이 전화기를 꺼내 들고도 한참을 고민했다. 린의 단축번호를 누르고도 통화 버튼을 누르지 못하고 머뭇대는 건을 본 샤론이 재미있다는 듯 쿠키를 먹으며 기다렸다.

잠시 그녀의 눈치를 보던 건이 통화 버튼을 누르며 소리쳤다.

"에라, 모르겠다!"

"호호호, 좋아요."

수화음이 가는 소리가 들리고 언제나처럼 차분하고 침착한 목소리의 린이 답했다.

-언제 전화하나 했어요, 케이.

'여보세요'라던지, 혹은 인사를 기대하고 답할 인사말을 준비한 건의 표정이 어리둥절해졌다.

"예?"

-생각보다 오래 걸렸네요, 투자 건 때문에 도움 요청하시려는 전화 맞지요?

"어…… 어, 어떻게 아셨어요?"

-후후, 건 씨는 그쪽은 문외한에 가까우니까, 당연히 저에게

도움을 요청하시리라 생각했어요.

"아…… 가능할까요, 이사님? 개인 투자라 회사 일이 아닌데……."

-그게 왜 개인 일인가요? 케이의 주가를 올리는 행위의 일환인 걸요.

"아…… 그럼?"

-이미 설계와 준비까지 끝났습니다. 전화를 주셨으니 이제 실행만 하면 돼요.

전화기를 들고 있던 건의 눈에 고마움이 번졌다.

"이사님……."

떨리는 건의 목소리에 잠시 침묵하던 린이 조금 시간이 지난 후 말했다.

-언제든, 뭐가 필요하든 저를 찾으세요. 저는 항상 당신에게 도움이 되고자 하는 사람이니까.

건의 눈이 파르르 떨렸다. 살짝 눈물이 고였는지 눈을 비빈 건이 환하게 웃었다.

"고마워요, 이사님."

-내일 미국으로 가겠습니다. 미팅이 있을 예정이니 정장을 입어주세요.

"예? 미팅이요?"

-네, 미팅입니다. 건의 기타, 하쿠. 화이트 팔콘을 만든 그레

치사 이사진과의 만남이니 불편하시더라도 정장을 입어주세요.

"화…… 화이트 팔콘을 만든 그레치사와 미팅을요? 왜요?"

-시계 팔아야죠, 케이.

"시계랑 무슨 상관이에요, 그게?"

-호호, 내일 가서 이야기하죠. 그럼 내일 봐요.

끊긴 전화를 들여다보던 건이 고개를 들자 환하게 웃음을 지으며 쿠키를 입에 문 샤론 교수가 손가락을 튕기며 말했다.

"해결됐죠? 호호."

잠시 멍한 표정으로 전화기와 샤론 교수를 번갈아 보던 건의 입에도 점점 미소가 번졌다. 린을 믿고 일을 진행한 후 후회한 적은 단 한 번도 없었기에 이번에도 완전히 그녀를 믿기로 한 건이었다.

두 사람이 도란도란 이야기를 나누는 교수실에 따뜻한 훈풍이 불었다.

♪♪♩

삼 일 후.

일리셰르 우스마노프의 연락을 받은 아더가 자신의 공방에서 작업 중에 이사 전용 회의실로 불려갔다.

독자적으로 생산해낸 무브먼트의 단점을 보완하기 위해 매일 같이 연구를 거듭하던 아더가 언제 와도 긴장을 하게 되는 이사 전용 회의실 문을 바라보며 마른 침을 삼켰다.

똑똑.

"들어와요."

"실례하겠습니다."

회의실에는 일리셰르 우스마노프 외에 두 명의 남자가 더 있었다. 한 명은 60대로 보이는 노년의 신사였고, 다른 한 명은 30대 후반으로 보이는 젊은 남자였다.

분위기를 살피던 아더에게 자리를 권한 일리셰르 우스마노프가 말했다.

"그렇게 눈치 보지 말고 앉으세요."

아더가 두 남자의 맞은편에 앉자 두 사람이 명함을 꺼내 내밀었다.

"안녕하십니까? 그레치 사의 프레드 존슨입니다."

"반갑습니다, 그레치 사의 코비 브래들리입니다."

나이가 많은 쪽이 프레드였고, 젊은 쪽이 코비였다. 명함을 받고 악수를 한 아더가 자리에 앉으며 명함을 보았다.

'그레치라면…… 기타 만드는 회사로 기억하는데, 헉? CEO? 프레드란 사람은 CEO잖아?'

두 남자 중 나이가 많은 쪽인 프레드 존슨의 이름 옆에 작은 글씨로 CEO라고 쓰인 것을 본 아더가 급히 코비의 명함도 보았다. 다행히 오퍼레이션 리더라는 비교적 만만한 직급을 가진 코비까지 확인한 아더가 고개를 들자, 웃으며 자신을 보던 프레드가 물었다.

"명함은 잘 확인하셨습니까?"

"어, 예, 예. 그런데 무슨 일로 저를……."

상석에 앉아 있던 일리셰르 우스마노프가 두 사람을 가리키며 말했다.

"케이 쪽에서 제안이 왔습니다……. 혹시 그레치 사에서 생산하는 화이트 팔콘이란 기타 시리즈를 아십니까?"

"그럼요, 케이의 기타가 그 시리즈 아닙니까?"

자랑스러운 눈을 한 프레드가 말했다.

"맞습니다, 정확히 2009년의 모델이죠. 케이 같은 유명 뮤지션이 사용해 주셔서 참 기쁘게 생각하고 있습니다."

아더가 그러냐는 듯 고개를 끄덕였지만 여전히 의문스러운 눈으로 일리셰르 우스마노프를 보았다.

"그런데 왜 저를……?"

일리셰르 우스마노프가 자리에서 일어나며 말했다.

"그리치 사에서 이번에 새로운 팔콘 시리즈를 출시하게 되었습니다, 마케팅으로 사용될 비용을 케이에게 악기와 소모품, 앰프 등으로 지급하고, 그의 모습을 통해 자연스러운 마케팅이 되도록 유도하려 했죠. 그런데 케이가 소속된 판타지오의 손린 이사가 제안을 하나 해왔습니다."

일리셰르 우스마노프가 프레드와 코비를 가리키며 말했다.

"케이 측에서 제게 전달된 말 그대로 알려 드리죠. '아더 호지슨은 나의 친구이며, 나의 사업 파트너다. 그가 론칭할 더 레이크의 성능을 믿어 의심치 않는다. 나는 나에게 악기나 소모품을 투자해 주기보다는 그가 론칭할 시계 브랜드의 디자인 협업을 제안하는 바이다. 그리하면 나는 그리치와 더 레이크의 합작 프로젝트 광고를 게런티 없이 출연하겠다'라고 전달이 왔습니다."

아더가 크게 놀라며 말했다.

"예? 케이 측에서 그런 말을요? 세, 세상에…… 친구라니……."

프레드가 사람 좋은 웃음을 지으며 말했다.

"이거 부럽습니다, 대스타인 케이에게 친구라고 칭해지는 사람은 몇 안 되는 것으로 알고 있었는데 말입니다."

코비 역시 연신 고개를 끄덕이며 맞장구쳤다.

"그럼요, 정말 부럽네요."

건의 마음이 전달되었는지 가슴 한쪽이 따뜻해지는 것을 느낀 아더가 눈을 감고 건의 웃는 얼굴을 떠올렸다.

그가 미팅 진행 중에 갑자기 눈을 감아버리자 일리셰르 우스마노프가 그의 어깨를 만지며 말했다.

"감동은 나중에 하시고, 지금은 미팅하시죠. 아스날 홀딩스에서 제안 검토 결과, 성능과 독자적 무브먼트라는 마케팅 포인트 외에 디자인 쪽이 떨어져 있으므로 첫 번째 론칭을 할 수제 시계는 화이트 팔콘의 디자인을 시계에 접목한 수제 시계로 대중에게 조금 더 친숙한 이미지를 주고, 세상에서 가장 아름다운 기타라는 명예를 가진 기타의 세련된 디자인으로 멋진 시계를 탄생시키자는 의견입니다. 어떠십니까?"

가만히 눈을 감고 그의 말에 귀를 기울이던 아더가 고개를 숙인 채 말했다.

"저는…… 좋습니다."

그의 허락이 떨어지자 프레드와 코비가 서로 손을 맞잡으며 기뻐했다.

일리셰르 우스마노프 역시 손뼉을 치며 웃는 얼굴로 말했다.

"좋습니다, 하하. 그럼 바로 계약을 진행하도록 하죠, 영국까지 오시느라 힘드실 테니 말입니다."

프레드가 자리에서 일어나 아더에게 악수를 청했다.

"흔쾌히 허락해 주셔서 대단히 감사합니다, 미스터 호지슨."

아더가 그의 손을 잡으며 계면쩍은 듯 말했다.

"제가 허락이고 뭐고 할 것이 있나요."

"오~? 아닙니다. 케이의 전언 중 한 가지를 말씀드리지 않았군요."

건의 이야기가 나오자 자신과 눈을 마주쳐 오는 아더에게 그의 손을 꽉 잡은 프레드가 말했다.

"이 모든 제안은 나의 친구 아더 호지슨의 허가가 없을 시 무효 처리한다."

프레드의 손을 맞잡은 아더의 눈가가 떨렸다. 잠시 말을 잇지 못한 그가 여러 번 침을 삼킨 후 목이 멘 목소리로 말했다.

"케이가…… 그리 말했다는 말씀이신가요?"

프레드가 힘차게 고개를 끄덕이는 것을 본 아더가 힘없이 웃었다.

"받기만 하는 군요, 이걸 다 어찌 갚아야 할지……."

일리셰르 우스마노프가 그의 등을 조금 세게 치며 웃었다.

"열심히 해서 성공하십시오! 그럼 됩니다!"

아더가 세 사람을 향해 묵례했다.

서양인답지 않게 깊고 오랫동안 묵례를 한 아더가 계약 단계를 지켜보다가 사인을 한 후 회의실을 나섰다.

자신의 공방으로 돌아가던 아더가 이제는 자신도 모르게 몸에 익어 버린 드럼의 박자에 맞춰 발을 구르고, 손바닥으로 허벅지를 치며 걷다가 건의 생각에 한 쪽 가슴에 손을 올리고 복도 왼편의 창밖을 바라보았다.

창이 난 쪽이 미국 방향인지는 알 수 없지만, 그저 건에게 들리기를 바라는 아더가 조그맣게 말했다.

"고맙습니다."

♪♪♩

미국 레드 케슬의 별채.

매일 밤 키스카와 통화를 하는 건은 그 날 역시 키스카에게 오늘 있었던 일들에 대해 조목조목 설명하고 있었다.

키스카는 건의 일상을 듣는 것을 좋아했다, 조금 무뚝뚝한 말투였지만 조금씩 나아지고, 또래의 여자아이들과 비슷한 말투로 변해가는 키스카였다.

거실의 소파에 앉아 커피 한잔을 들고 있는 건이 밝은 목소리로 말했다.

"그래서, 지난번에 영국에서 만났다던 아더라는 사람의 시계 브랜드가 곧 런칭하게 됐어."

-응, 그렇구나.

"한정판 시계라 아마 무지막지한 가격일 테고, 수제라 많이 생산하지 않으니 돈이 있어도 구하기 힘들겠지?"

-응, 아마도. 아빠가 사준 내 인형도 한정판이야.

"응? 인형도 한정판이 있어?"

-응, 테디베어. 세상에 딱 하나뿐이야.

"우와 엄청 비싸겠네."

-응, 아빠가 내 아홉 살 생일 때 준거야.

"우와 아빠가 키스카를 엄청 사랑하나 보다, 뽀뽀 잘하고 있는 거지?"

-응, 아빠한테 확인했어?

"아니, 영국까지 소문이 들리던데?"

-…….

아빠와 아침저녁으로 뽀뽀를 하는 것이 영국까지 소문났다는 것에 놀란 키스카가 침묵했다.

웃음이 터지기 직전인 건이 겨우 웃음을 참으며 말했다.

"영국 가니까 다 알더라고."

-……누가 아는데? 이름 말해봐.

"이름은 왜?"

-미로슬라브한테 부탁해서 없애 버리라고 하게.

건의 등에 식은땀이 흘렀다. 이마에서도 삐질 식은땀이 흐르는 것을 느낀 건이 딴청을 피웠다.

"아하하, 어쨌든 시계 나오면 내 것이랑 키스카 것까지 챙겨 둘 테니까 기다려."

아이답게 바로 다른 화제로 전환한 키스카가 물었다.

-케이랑 나랑만? 케빈이랑 시즈카는?

"우리 둘만 하자."

-……좋아!

확 밝아진 키스카의 반응에 기분이 좋아진 건이 휘파람을 불자, 가만히 그가 내는 소리를 듣고 있던 키스카가 물었다.

-시즈카는 키가 몇이야?"

"응? 왜? 나 잘 모르는데…… 아마 160 정도 되지 않을까? 시즈카도 작은 편이니까."

-응…….

"갑자기 키는 왜?"

-아니야.

"키스카는 키 좀 컸어?"

-응, 많이.

떨어져 있던 기간이 고작 삼 개월밖에 지나지 않았기에 커봐야 얼마나 컸을까 싶었던 건이 웃으며 물었다.

"지금 몇인데?"

-150.

"헉! 진짜?"

또래보다 훨씬 작아서 120㎝도 안 되던 키스카의 폭풍 성장에 놀란 건이 자기도 모르게 소파에서 벌떡 일어났다.

"정말 150이라고?"

-응, 오늘 아침에 아빠랑 재봤어.

"무슨 삼 개월 만에 30센티가 커? 병원 가봐야 하는 것 아니야?"

-병원도 다녀왔어.

"뭐래?"

-내 나이에는 그런 아이들이 가끔 있대.

"아, 별 이상은 없고?"

-응, 더 클 거래.

"와아, 진짜? 나중에 막 진격의 거인이 되어서 레드 케슬 담을 넘어오는 거 아니야?"

건의 농담에 키득키득 웃은 키스카가 잠시 후 말했다.

-시즈카보다 키가 커지면, 나랑 데이트해 줘.

"하하, 물론이지. 돌아오면 매일 같이 데이트하자."

키스카와 한 시간이 넘게 이런저런 이야기를 하고, 소녀가 잠들 때까지 동화책을 읽어주고 나서야 전화를 끊은 건이 전화기를 내려다보며 중얼거렸다.

"세상에, 150㎝라고?"

건이 중얼거리고 있을 때 시즈카의 스케줄을 끝내고 밤늦게 집에 돌아온 병준이 별채 문을 열었다.

"어, 아직 안 잤냐?"

"네, 형. 수고하셨어요. 라디오 스케줄이라 늦게 오셨네요."

"응, 이놈에 미국 시스템은 이해할 수가 없어. 그냥 인기만 많으면 되지, 라디오에서 재생되는 음악 수도 차트에 포함을 시키니 출연을 안 할 수가 있어야 말이지. 뭐 하고 있었냐, 또 키스카랑 통화?"

건이 마침 잘되었다는 듯 전화기를 흔들며 말했다.

"네, 그런데 형. 방금 들은 건데 키스카 키가 150㎝를 넘었대요."

"헉? 그게 말이 돼? 삼 개월 전만 해도 내 허벅지에 겨우 오던 꼬맹이가 150이라니, 그건 그냥 여잔데?"

"그렇죠? 진짜 깜짝 놀랐어요."

"아이들은 원래 금방 크긴 해도 좀 이상하긴 하다."

"하하, 병원에도 가 봤는데 이상은 없대요."

"오, 그건 다행이군. 나 잠깐 씻고 올게."

"네, 형."

♪♪♩

불이 켜진 별채 지붕 위, 레드 케슬의 경호 인력 수십 명이 순찰을 돌고 있었지만, 지붕 위에 앉아 있던 두 사람을 보는 이는 아무도 없었다.

붉은 지붕 위에 양반 다리를 하고 앉아 있던 금발 소년이 옆에 서 있던 갈색 머리의 남자에게 물었다.

"암두시아스, 키스카란 아이 말이야. 지금까지 키가 안 큰 거 너 때문이지?"

암두시아스가 뒤통수를 긁으며 어깨를 으쓱했다.

"어쩔 수 없었습니다. 너무 어릴 때 제힘을 받는 바람에 일종의 제약이 걸렸었거든요, 파이몬 님."

파이몬이 고개를 갸웃하며 말했다.

"제약? 뭐, 말 못 했던 거?"

암두시아스가 고개를 끄덕이며 자리에 앉았다.

"네, 말을 못 하는 것이 아니라 안 한 것이었지만, 소녀가 제대로 말을 하고 마음이 열릴 때까지 성장을 담당하는 기관이 제 기능을 못 했죠, 하지만 이후에 마음의 문이 열리면 원래 소녀의 나이 또래들과 비슷하게 성장할 거라는 것을 알고 있어, 별다른 조치를 하지는 않았습니다."

파이몬이 팔짱을 끼고 고개를 끄덕였다.

"그랬구나, 그럼 키스카란 애는 얼마나 크는데?"

암두시아스가 눈을 까뒤집으며 흰자를 보였다.

잠시 하늘로 고개를 들고 뭔가를 느끼던 암두시아스가 파이몬을 보았다.

"인간의 기준으로 175는 넘을 겁니다."

"헉! 나보다 크네?"

"하하, 파이몬 님은 언제든 더 크게 모습을 바꿀 수 있지 않으십니까?"

"뭐…… 그건 그렇지만. 하여간 엄청 크구나."

"아이가 속한 인간의 종족이 큰 편에 속한 종족입니다. 아마 계속 성장할 것이고요."

"음, 뭐 별 이상은 없는 거지? 아이가 상처받는 일이 없도록 잘 조절해."

"예, 여부가 있겠습니까?"

파이몬이 말을 마친 후 자리에서 일어나자 암두시아스가 물었다.

"저…… 가마긴 각하께서는 요즘 왜 안 보이십니까? 아이의 일이라면 발 벗고 먼저 나서셨던 분이 요새는 파이몬 님께 모두 맡기고 계신 것 같아서 말입니다."

"어, 요새 바쁘셔."

"바쁜 일이라는 것이……."

파이몬이 검은 하늘에 떠 있는 별을 보며 말했다.

"이제 슬슬 준비해야 할 때거든."

암두시아스가 의문스러운 눈으로 말했다.

"준비요?"

파이몬이 살짝 서운한 표정을 지었다.

하지만 그것도 잠시, 바로 원래의 장난기 많은 표정으로 돌아온 파이몬이 몸을 공중으로 띄우며 말했다.

"미카엘과의 담판도, 구시온이나 다른 악마에 대해 대비도

하셔야지. 그만 가자!"

레드 케슬 위로 날아오르는 두 남자가 밤하늘에 검은 그림자를 수놓으며 사라졌다.

♪♪♩

차가운 바람이 매섭게 불어오는 계절이 지나고, 새싹이 피어났던 산이 푸르르게 변하고, 일교차가 커질 무렵, 뉴욕의 대저택에 있는 테라스에 두 남자가 앉아 있었다.

후드를 뒤집어쓰고 소파에 양발을 올린 채 쪼그리고 앉아 있던 남자가 큰 키에 선글라스를 쓴 남자를 보며 물었다.

"헤이, 스넵. 난 위스키 싫다니까?"

위스키 잔을 손에 들고 손등으로 선글라스를 추켜 올린 스넵이 금니를 드러내며 웃었다.

"내 집엔 술 말고는 없어."

불만스러운 표정을 한 남자의 곁에 털썩 주저앉은 스넵이 물었다.

"네미넴, 에일리는 좀 어때?"

후드를 내리고 잔을 받은 네미넴이 위스키의 진한 향에 눈살을 찌푸렸다.

"그 일이 몇 년 전 일인데 아직도 묻냐? 퇴원한 지 오래야,

지금 스페인에 있어."

"스페인? 거긴 갑자기 왜?"

"친구들이랑 여행 갔다. 이제 이십 대 중반이니 그만 자유를 달라고 어찌나 졸라 대는지."

스넵이 슬쩍 웃으며 위스키를 마셨다.

"네 녀석이 그냥 보냈을 리가 없는데?"

소파에 앉은 네미넴이 키득거리며 웃었다.

"킬킬, 에일리 모르게 원거리 경호원 다섯 명을 딸려 보냈지, 갠 경호를 받고 있는지도 모를 거야."

스넵이 킬킬거리며 웃었다.

"그리고, 에일리의 일거수일투족은 다 네가 보고되겠지."

네미넴이 계속 키득거리자 스넵이 말했다.

"야, 그건 사랑이 아니야. 집착이지, 마누라도 그렇게 잃어놓고 딸한테까지 그러냐?"

"뭐, 어쩌냐. 걱정되는걸."

"에혀, 그러다가 에일리한테 들키면 넌 뼈도 못 추려, 성격도 장난 아니던데."

"킬킬, 안 걸리게 잘 조치해 놨다."

네미넴이 킬킬거리다가 스넵의 손목에 주렁주렁 걸린 화려한 액세서리와 반지들을 보았다.

"안 무거워?"

스넵이 무슨 소리냐는 듯 네미넴을 돌아보았다가 그의 시선이 자신의 손에 가 있는 것을 보고 손을 흔들었다. 팔찌와 약간 헐렁하게 찬 시계가 그의 움직임에 맞추어 덜렁댔다.

“크크, 래퍼는 폼 빼면 시체지. 무거울 때도 있긴 해.”

네미넴이 스넵의 팔목에 걸린 황금빛 시계를 보며 말했다.

“나도 래퍼지만 금시계는 이해가 안 돼. 난 가벼운 지샥 시계가 좋던데 말이야.”

“크크, 시계는 롤렉스지! 이건 우리 증조할아버지 대부터 변하지 않는 진리라고.”

“그놈에 롤렉스. 참 오래도 간다.”

“명품이란 그런 거라고 친구! 시간이 지나도 지루해지지 않는 것, 그것이 명품이지.”

“됐어, 관심 없다. TV나 틀어 봐.”

엄청난 부자답게 테라스에까지 설치된 대형 TV의 리모컨을 누른 스넵이 물었다.

“에일리는 이제 케이 안 찾냐?”

네미넴이 TV에서 하는 드라마에 시선을 두고 슬쩍 고개를 끄덕였다.

“응, 요샌 괜찮아. 처음에 케이에게 모질게 말했다고 어찌나 울었는지 너도 알잖아? 삼 개월 넘게 울기만 하더니 이젠 별로 말 없더라고. 다행히 케이가 아직 학생이라 TV에 자주 얼굴을 보이지 않은 것도 한몫하고."

스넵이 입술을 내밀며 고개를 끄덕였다.

"그렇긴 하지. 그 녀석 언제쯤 메이저로 나오려나?"

네미넴이 리모컨을 빙글빙글 돌리며 말했다.

"모르지, 이제 4학년 아니야? 곧 나올 거야."

스넵이 입술을 깨물었다.

"제길, 그 녀석이 나오면 주류 장르가 바뀔 텐데, 어떤 음악을 하려나? 힙합을 해주면 좋을 텐데."

"킬킬, 그 녀석 기타 실력 못 봤냐? 그런 실력으로 힙합을 하겠어?"

"하긴 그건 그래. 휴, 그 녀석 나오기 전까지 앨범 작업이 완료되어야 할 텐데."

"앨범 내게?"

"응, 그 녀석 나오고 나오면 다른 뮤지션들 찌질이 되는 건 시간 문제잖아, 나오기 전에 많이 팔아놔야 버티지."

"크크, 사실 나도 두 달 전에 앨범 낼 때 그런 생각이 들긴 했지. 킬킬"

"그것 봐, 파이어 큐브 녀석도 다음 달에 앨범 낸다던데."

"닥터 브레는 뭐래?"

"그 친구는 요새 완전 부처님이 된 것 같아. 아들 이야길 한번 제대로 쏟아내서 그런가? 맨날 허허거리면서 웃고만 다녀."

"넌 케이랑 연락하냐?"

네미넴의 마지막 말을 들은 스넵이 이를 뿌드득 갈았다.

"아니, 넌?"

"나도, 아니, 나한테는 에일리 때문에 연락하기 좀 그렇겠지."

"다음에 만나면 위스키를 오크통에 채워서 아가리에 쑤셔 넣어줄 테다. 감히 연락을 안 해?"

"크크크, 네 녀석이 먼저 하지그래."

"먼저 연락하는 건 손린 그 여자 하나로 충분해. 더 이상은 자존심 상해서 못하겠다."

"킬킬, 그놈에 자존심하고는."

"그런데 저 드라마 뭐냐?"

스넵이 가리키는 드라마 속에 동양인으로 보이는 남녀가 서 있는 것을 본 네미넴이 말했다.

"넌 저것도 모르냐? 한국 드라마 아냐. 저거 엄청 히트했어. 미국 이름으로 고블린인데, 에일리 말로는 한국에서 말하는 도깨비라는 건 우리가 아는 고블린과 좀 다르다더라. 궁금해서 한번 봤다가 완전 빠져서 완결까지 이틀 만에 다 봤지."

"그렇게 재미있어? 나도 볼까."

"응, 봐라. 후회 안 한다."

스넵이 화면에 집중하려는 순간 드라마가 멈추고 광고가 나오기 시작했다.

얼굴을 찌푸린 스넵이 TV 화면을 손가락질하며 외쳤다.

"망할! 미국의 TV는 광고를 너무 자주 해! 더 비싼 돈을 줄 테니 광고 없는 TV를 만들어라!"

"킬킬킬, 너만 생각하지 말고, 사람들 생각도 좀 해라. 크하하."

다른 방송을 보려는지 리모컨을 찾는 스넵이 손을 내밀었다.

"리모컨 줘봐."

"싫어, 볼 거야."

"완결까지 다 봤다며!"

"그래도 또 볼 거야."

"젠장 이상한 놈이야, 하여간."

"어? 저거 케이다."

"뭐?"

TV 화면으로 고개를 돌린 스넵의 눈에 화이트 팔콘을 들고 서 있는 흑백 화면 속 건이 들어왔다.

장난스러운 표정으로 벽에 기대선 건이 한 손에 세워 들고 있는 화이트 팔콘을 어깨에 짊어지고 돌아섰다. 뒤에 있었던 것이 벽이 아니었는지 허리를 숙인 건이 벽을 잡고 들어 올리자, 창고 같이 생긴 방에 오래된 웨건 한 대와 마샬 엠프가 있는 것이 보였다.

환하게 웃으며 휘파람을 불던 건이 여전히 흑백의 화면 안에서 웨건의 본 네트 위로 올라갔다. 화이트 팔콘을 허벅지 위에 놓은 건이 소리를 튜닝하려는 듯 짧은 연주를 했다. 그것을 본 네미넴이 중얼거렸다.

"뭐냐, 광고인가?"

스넵 독이 고개를 끄덕이며 말했다.

"그런데 저 녀석, 기타 실력이 더 대단해진 것 아냐? 제대로 된 곡도 아니고 손을 푸는 것 같은데 이 소리는 뭐야?"

TV에서 흘러나오는 기타 연주는 디스트 없이 맑은 음이었고, 블루스 계열의 음이라 저절로 몸이 흔들어지는 적당히 신나는 곡이었다.

처음부터 연주할 생각은 없었는지 손만 풀고 연주를 멈춘 건이 웨건 옆에 걸려 있는 공구 중 망치 하나를 꺼내 씨익 웃은 후 옆으로 던졌다. 화면에 회전하며 날아가는 망치가 슬로우 비디오로 나오고, 망치는 바닥에 설치된 디스트에 맞고 굴러다녔다.

미세하게 디스트가 켜진 소음이 울리자, 환하게 웃은 건이 양반 다리를 한 채 기타를 연주하기 시작했다. 멋들어진 연주였지만 왠지 모르게 불협화음 같은 느낌을 받은 스넵이 화면을 손가락질하며 말했다.

"저거 일부러 저러는 건가? 박자가 이상한데."

"응, 저 녀석이 저따위 실수를 할 녀석이냐? 뒤에 뭔가 있겠지."

그들의 말처럼 인상을 찌푸린 건이 주머니를 뒤졌다. 바지 주머니를 뒤지던 건이 상의 안주머니까지 뒤져보더니 웃으며 무언가를 꺼내 본네트 앞에 내려놓았다.

"저게 뭐야?"

"손목시계 같은데?"

웨건의 정면을 비추고 있던 카메라가 날아올랐다.

드론으로 촬영한 것 같은 화면이 날아 건의 머리 위에서 본네트를 비추자 하얀 바디에 금색 휘장이 멋들어지게 장식된 손목시계가 보였다. 잠시 자신의 손에 걸려 있는 롤렉스를 본 스넵이 입맛을 다셨다.

"지름신이 슬슬 오시는군. 엄청 예쁜 시계다."

시계에 별 관심이 없던 네미넴도 관심이 가는지 소파에서 등을 떼고 허리를 숙이며 TV에 가까이 갔다.

건의 앞에 놓인 시계는 바로 앞 건의 허벅지에 놓인 화이트 팔콘과 세트라도 되는 듯 비슷한 디자인이었다.

턱을 만진 네미넴이 손가락질을 하며 말했다.

"이거…… 기타랑 콜라보레이션 모델인가 본데?"

"어, 그런 것 같다, 진짜 비슷하네."

화면이 위에서 시계와 건을 함께 담다가 점점 클로즈업되어 시계를 크게 비추었다. 초침 똑딱거리는 시계의 소리가 조금씩 커졌다.

똑딱똑딱 똑딱똑딱.

화면 가득 떠오른 아름다운 시계에서 정확한 소리가 나오자 갑자기 디스트를 잔뜩 먹인 건의 기타가 토해졌고, 동시에 흑백이었던 화면에 색이 번지며, 역동적인 화면으로 변했다. 네미넴이 갑자기 들리는 큰 소리에 놀라며 외쳤다.

"Fury?"

스넵이 고개를 저으며 외쳤다.

"그냥 Fury 아니야, 너도 앨범 샀잖아. 저거 리버풀 사운드 시티 버전이라고."

엄청난 소리를 토해내는 기타음이 시계의 초침이 내는 소리를 드럼 삼아 연주되기 시작했다. 보컬 멜로디 라인까지 기타로 연주하고 있는 건의 손이 보이지 않을 만큼 빨라졌다.

마치 손이 여러 개로 보일 정도의 연주를 하는 건의 모습과 초침이 가고 있는 시계의 모습이 이 분할로 화면에 그려지자, 스넵이 놀란 눈으로 말했다.

"카를로스 몬타나보다 죽이지 않냐?"

네미넴 역시 뭔가에 홀린 표정으로 화면을 주시하며 고개를 끄덕였다. 약 1분여의 연주가 이어지고, 본네트 위에 있던 시계가 천천히 떠올랐다.

기타를 연주하며 떠오르는 시계를 보고 있는 건의 얼굴에 웃음이 피어올랐다. 날개가 달린 듯 건의 주위를 빙글빙글 돌던 시계가 기타를 연주하다 코드를 잡고 있는 왼손을 번쩍 든 건의 손목에 순식간에 채워졌다.

연주를 멈추지 않고 시계를 찬 건이 더욱 빠른 연주를 하였고, 화면에 현란하게 코드를 바꾸어 잡고 있는 건의 왼쪽 손목이 비쳤다.

세계에서 가장 아름다운 기타라는 화이트 팔콘과 멋지게 어우러진 시계를 찬 손목이 움직이는 것에 따라 빛의 꼬리를 흘리던 시계가 어느 순간 멈췄다.

그와 동시에 연주도 멈춘 건이 화이트 팔콘 위에 팔을 늘어뜨렸다. 자연스럽게 기타의 바디와 시계가 한 번에 보이고, 웃고 있는 건이 장난스럽게 브이를 그린 후 화면이 하얗게 변했다.

하얀 배경에 화이트 팔콘이 박히고, 반대편에 시계가 박혔다. 화면 아래에 멋들어진 필기체로 쓰인 글자가 왼쪽에서 오른쪽으로 파도처럼 흘러나왔다.

The Lake Limited Edition X White Palcon.

한정 수량 200개, 서두르세요.

화면이 전환되며 다른 광고가 나왔지만, 여전히 TV에서 눈을 떼지 못하던 스넵이 한 손을 들어 손가락을 튕기자, 뒤에서 대기하고 있던 경호원이 다가왔다.

“저거 주문해.”

“네.”

네미넴이 고개를 돌리며 말했다.

“내 것도 주문해 줘요.”

스넵이 발로 네미넴을 밀어내며 말했다.

“네놈 거는 네가 주문해! 한정 수량 200개인 것 못 봤어?”

“아씨, 그러니까 부탁하지! 난 일 시킬 수행비서가 없단 말이야!”

“몰라, 몰라! 하나만 주문해!”

“아니 두 개요! 부탁해요!”

티격태격하며 발로 서로를 밀어내고 있는 두 사람이었다.

그리고 그 날 아스날 홀딩스에서 마련해 준 더 레이크의 홈페이지는 첫 티비 광고 10분 만에 다운되어 이틀간 정상화 되지 못했다.

이틀간 더 레이크의 홈페이지가 정상화되기만을 기다리며 리플레쉬를 누르던 사람들은 홈페이지 정상화 후 실망을 금치 못했다.

광고가 나가고 10분 만에 200개가 모두 판매되었기에, 이틀 간 기다린 그들의 노력은 처음부터 헛수고였기 때문이다. 많은 사람이 홈페이지와 SNS에서 추가 생산에 대해 문의했지만, 더 레이크는 화이트 팔콘 콜라보레이션의 추가 생산은 없음을 공지했다.

시계 한 개에 미화 10,650 USD(한화 1,200만 원)이 넘는 고가의 시계는 부자들에게는 그저 남보다 우월함을 과시할 도구일 뿐이었다.

그들이 손목에 걸고 있는 시계들은 10만 달러가 넘는 물건도 있기에 사치품이라고 할 수도 없는 수준의 가격이었기에 부자들의 수행비서들은 빠르게 움직여 시계를 구매하는 데 성공했다.

이번 화이트 팔콘 모델의 경우 남성용만 생산하였기에 예쁜 디자인에 반한 여성 고객들이 여성용 시계 제작에 대해 문의하는 글이 수없이 올라왔다.

아더는 단 한 개의 여성용 시계만을 제작했고, 이것은 건의 부탁으로 제작한 키스카에게 선물할 유일한 여성용 시계였다.

정기적으로 러시아와 조지아를 오가는 조직원을 통해 키스카에게 전달된 화이트 팔콘 모델은 단 한 개의 시계를 가진 세계 유일의 여성이라는 점 때문에 키스카를 기쁘게 했다.

고객 항의가 있을 수 있으므로 당분간 SNS에 올리지는 말아 달라는 부탁을 한 아더는 건을 위해 약 열 개의 시계를 추가 생산하였고, 일리셰르 우스마노프마저 돈을 주고 사야 했던 시계는 건이 묵고 있는 별채에 쌓여 있었다.

♪♪♩

시계들이 레드 케슬로 전해진 날 그 날도 밤늦게까지 시즈카의 스케줄을 소화하고 들어온 병준이 별채 문을 열자, 소파 위에 하얀 박스와 편지 한 장이 놓여 있는 것이 보였다.

"응? 건이 녀석 물건인가?"

코트를 벗으며 상자 옆에 놓여 있는 편지에 시선을 던진 병준이 맨 첫 줄에 자신의 이름이 있는 것을 보고 편지지를 집어 들었다.

Dear. 사랑하는 병준이 형.

형을 만난 지 어느덧 4년이 지나고, 5년 차에 접어드네요.

언제나 먼저 제 생각을 해주시고, 사랑하는 마음으로 대해주시는데 변변한 선물 한번 해드린 적 없는 것 같아, 이번 기회에 선물을 준비했어요.

당신의 노고에 언제나 감사한 마음입니다.

건이 올림.

선물이 무엇인지 몰랐지만, 편지의 내용만으로 코끝이 찡해진 병준이 코를 비비며 상자를 들었다. 세련된 하얀색에 금박 장식이 양각된 비싸 보이는 박스를 연 병준이 반색했다.

"오우! 화이트 팔콘 모델!"

만지기도 아까운지 상자 안에 든 아름다운 시계를 눈으로만 보던 병준의 눈에 무브먼트 안쪽에 금박으로 새겨진 글이 보였다.

너무 작은 글씨라 눈을 바짝 들이댄 병준의 눈에 살짝 눈물이 고였다.

세계 최고의 매니저 이병준의 시계.

작게 웃음을 지은 병준이 눈을 비빈 후 소중하게 시계를 챙겼다. 닫혀 있는 건의 방문을 힐끔 본 병준이 자신의 방으로 들어갔다.

불을 끄고 살짝 문을 연 채 병준을 지켜보고 있던 건의 눈이 초승달처럼 휘어졌다.

'히히, 좋아하시네. 다행이다.'

그냥 주기보다 손편지와 함께 주는 것이 훨씬 감동적일 거라는 생각에 한 작은 이벤트의 효과에 만족한 건이 침대에 앉아 키스카에게 전화를 하려는 순간, 구형 핸드폰이 아닌 자신의 신형 핸드폰이 울렸다.

벽에 걸린 시계를 본 건이 12시가 살짝 넘어가는 시간임을 확인하고 고개를 갸웃했다.

"이 시간에 누구지? 헉!"

찢어질 듯 커진 건의 눈동자에 검은 바탕에 파란색으로 수놓인 액정의 글씨가 새겨졌다. 떨리는 손으로 숨을 고른 건이 마른침을 삼키며 전화를 받았다.

"아, 아, 스, 스넵. 하, 하하하하 잘 계셨죠?"

-죽고 싶나?

"아, 아니. 그, 그게 아니고요."

-3년을 기다리게 해? 감히 나를?

"아, 아니, 여, 연락하려고 했는데 그, 그게……."

수화기 너머로 총을 장전하는 소리가 덜컥거리며 들려오는 것을 들은 건이 식은땀을 흘리며 변명했다.

"그, 그게 네팔 일부터 시작해서 일이 좀 많았어요, 스넵."

-전화 한 통 하는 게 어렵나?

"아, 아하하하…… 죄송해요."

-죄송하면 시계 내놔.

"예?"

-시계.

"무슨…… 아! 화이트 팔콘 모델요?"

-그래, 한정판이라 못 구해, 광고 보고 바로 주문하려고 했는데 조금 늦었더군. 듣자 하니 너 그냥 광고 모델이 아니라, 그 회사 대주주라며? 시계 하나 보내줄 능력은 되겠지?

"그, 그럼요! 보, 보내 드릴게요."

-좋아, 그럼 3년의 기다림은 그걸로 용서하지. 대신 한 달 안에 와서 얼굴 비쳐, 닥터도 보고 싶어 하니까.

"네, 네. 먼 곳도 아닌데 꼭 들릴게요."

갑자기 수화기 너머에서 뭔가 투덕거리는 소리가 났다. 누군가와 싸우는지 한참 티격태격하던 스넵이 외쳤다.

"끊는다!"

-야! 줘봐!

끊어지기 직전 들리는 네미넴의 목소리에 웃음을 지은 건이 화이트 팔콘 모델 상자 두 개를 챙겼다. 내일 아침 일찍 빠른 등기로 보내야겠다는 생각을 한 건이 키스카에게 다시 전화를 하려는 순간 또다시 전화기가 울렸다.

전화기를 확인한 건이 반색하며 전화를 받았다.

"오, 아더?"

-하하, 케이. 시계는 받으셨나요?"

"네, 휴 아더가 미리 준비해 주지 않았더라면 전 어디 한 군데 총을 맞고 또 어딘가의 골목길에서 술을 토하며 발견되었을지도 몰라요. 진짜 감사해요."

-예? 그게 무슨…….

"하하, 아니에요, 그런데 늦은 시간에 무슨 일이에요?"

-아, 너무 늦은 시간이군요, 미안합니다. 다름이 아니라 말씀하신 여성용 시계 두 개를 방금 보내 드렸어요. 이틀 안에 도착할 테니 확인해 보시라고요.

"아, 고맙습니다, 아더."

-그런데 여성용 시계는 한 개만 있을 때 가치가 생기는 것일 텐데, 처음 받으신 분이 나중에 실망하시면 어쩌죠?

"후후, 괜찮아요. 비밀로 해달라고 할 거니까."

-가족들에게 주는 것인가요?

"하하, 아니요, 손린 이사님과 샤론 교수님께 드리려고요."

-아, 그러시군요, 샤론 교수님은 누군지 모르지만 손린 이사님은 저도 감사한 마음이죠, 어쨌든 이틀 뒤에 배송이 안 오면 연락 부탁합니다.

"네, 아더. 그런데 드럼 연습은 잘 되어 가나요?"

-네, 뭐 매일 열심히 하고 있습니다.

"자신감 있게 연주할 수 있는 박자는요?"

-음…… 4분의 2박자, 4박자 정도겠군요.

아더의 말에 건이 미소를 지었다. 그가 자신 있게 연주한다는 것은 단지 연주가 가능하다는 수준이 아닐 것이었기 때문이다. 아마도 누구보다 정확한 박자로 연주가 가능하다는 뜻이리라.

웃음을 머금은 건이 말했다.

"5개월 안에 제가 만들어왔던 음악은 모두 연주 가능했으면 해요, 아더."

-열심히 해보겠습니다, 그런데 왜 드럼을 배우라고 하신 겁니까? 지금에 와서 좋은 취미 생활이 생겨 감사한 마음도 생깁니다만, 저 같은 사람에게 정확한 박자를 연주하지 못하는 자괴감은 버티기 어려운 수준이었습니다.

"하하, 바로 그게 이유에요, 아더는 정확한 박자감을 지녔고, 그것은 드러머로서 반드시 필요한 것이니까요."

-예? 무슨 뜻이신지…….

"당신이 바로 내가 찾던 마지막 한 조각입니다, 아더."

-네? 그, 그럼…….

"네, 나의 드러머. 당신은 나의 드러머가 되어줘야겠어요."

생각지도 않은 말이었는지 더듬거리던 아더가 말문을 잃었다.

"그럼, 연습 잘 부탁합니다. 5개월 후에 전 정식 앨범을 낼 거예요. 그때 제 음악의 드럼은 당신이 맡아줘야 해요, 아더."

-그, 그런!

"하하, 끊습니다. 부탁했어요, 전."

-저, 저기! 케, 케이!

"안녕~"

전화를 끊은 건이 웃으며 샤론과의 대화를 떠올렸다. 샤론은 학장과 담판을 지었고, 음악 작업을 학교의 연습실과 녹음실에서 한다는 조건으로 건은 모든 수업에서 제외되었다.

4학년 내에 싱글 앨범이 아닌 정규 1집 앨범을 발매하면, 학점을 인정하겠다는 학교 측 입장이 전달된 것은 바로 어제였다.

전화를 끊은 건이 이제야 비로소 키스카에게 전화를 걸었다.

수화음이 한 번을 채 울리기도 전에 전화를 받은 키스카가 말했다.

-기다렸잖아, 왜 이렇게 늦게 했어?

"아, 미안해. 여기저기서 전화가 와서 그랬어."

-시계 때문이지!

"응, 시계 부탁하는 사람이 많네."

-저기, 나도 부탁해.

"응? 넌 줬잖아."

-아빠가 엄청 부러운 눈으로 봐, 아빠 거 하나만 더 보내주면 안 돼?

"하하, 그레고리 것은 이미 챙겨놨지, 미로슬라브도 하나 줬어."

-진짜?

"응, 돌아오면 드리려고 했는데, 내일 보내줄게."

-응! 고마워.

"그리고, 나 앨범 낼 거야."

-응? 아직 졸업 안 했잖아, 시간이 돼?

"응, 학교 측에 허가받고 앨범 작업에만 전념할 거야."

-정식 앨범 내게? 몇 곡인데?

"못 해도 여덟 곡은 채워야 정식 앨범이 되겠지."

-컨셉 잡으면 말해, 케이 첫 앨범 가사는 무조건 내가 쓸 거야.

"하하, 알았어."

-뭔가 생각이 있구나, 벌써?

"음…… 아직 구체화한 것은 아닌데, 내가 카를로스를 처음 만나 가진 라이브가 시카고였거든, 그때 만난 아주머니와의 약속을 지키고 싶어."

-아주머니?

"응, 자식을 잃고 많이 아파 보였던 아주머니와 약속을 했거든, 아주머니는 내가 약속을 했다는 것도 모르지만 말이야."

-음…… 어떤 곡인데?

"치유의 노래가 될 거야, 아직 그것밖에 생각하지 않았어."

-치유? 뭔가 아픈 곳을 치료하는 노래란 거야?

"응, 육체적인 고통을 해소할 수는 없겠지만 정신적 고통이

해소되는 노래를 만들어 보고 싶어."

-그걸로 여덟 곡을 다 만들 거야?

"아니지, 일단 첫 곡의 방향을 그리 잡은 거고, 나머지는 또 생각해 봐야지."

-알았어, 그런데 약속한 이백 밤 다 돼 가는 거 알아?

"아…… 벌써 그렇게 됐나?"

-몇 일 안 남았어. 나랑 약속 지켜야지.

"하하, 알았어. 그럼 그레고리에게 시계를 줄 겸 한번 갈게."

-언제?

"글쎄, 비행기 표 봐야지."

-언제?

"하하, 지금 볼게."

-내일 알려줘.

"응, 키스카."

-그럼 동화책.

"알았어, 하하."

키스카에게 동화책을 읽어준 건이 조지아로 향하는 비행기 표를 예매했다.

몇 개월 만에 키스카를 만난다고 생각하니 잠이 오지 않은 건이 침대에 누운 지 30분 동안 뒤척이기만 하다가 다시 일어나 빈 오선지를 꺼냈다.

책상에 앉아 턱을 괴고 빈 오선지를 뚫어지게 보던 건의 머릿속에 시카고의 공원에서 가슴을 치며 오열하던 아주머니가 떠오르자 눈빛이 깊어졌다.

"꼭, 약속을 지킬게요, 아주머니."

건이 오선지의 최상단, 제목을 기재할 수 있는 공간에 무언가를 끄적거렸다. 악보를 써보려고 했지만, 구상도 없이 그냥 음악이 나올 리가 만무했기에 한참을 고민한 건은 새벽녘이 될 때까지 단 한 개의 음표도 그리지 못하고 책상에 엎드려 잠이 들었다.

건이 엎드린 오선지 위, 제목란에 써진 글이 푸르스름한 빛을 냈다.

물의 노래.

◈ 4장 ◈
키스카와 함께

오늘 아침은 무척 기분이 좋다. 육 개월 동안 목소리만 듣는 것으로 만족하던 케이가 온다.

평소에는 낮 열 시나 되어야 일어나지만, 오늘 난 여덟 시에 일어났다.

아침부터 아빠랑 키를 쟀다. 거실 벽에 체크 해둔 내 키보다 조금 더 큰 것이 기뻐서 줄자로 재 보니 156㎝가 되어 있었다.

오늘 케이 앞에서 냄새가 나면 안 되니까 샤워를 꼼꼼히 하고 복숭아 향이 나는 샤워젤도 사용했다.

케이는 강한 향수 냄새를 싫어하니까 샴푸 냄새만 나게 할 생각이다.

침대에 앉아 발을 까딱이며 시계만 보고 있다.

집에서 트빌리시 국제공항까지는 차로 한 시간 반 거리다. 케이의 도착 시간은 오후 세 시. 지금은 열두 시다. 아직 공항에 가려면 한 시간은 넘게 기다려야 하지만 난 이미 옷을 다 입고, 신발까지 신고 있다.

옷이 전부 작아져서 어제 아빠를 졸라 시내에 가서 산 옷이 별로 마음에 들지 않는다.

분홍색 티셔츠에 짧은 테니스 반바지를 입으면 어떻게 보일까? 발랄한 모습을 그가 좋아해 줄까? 머리를 양 갈래로 땋는 게 더 귀여워 보일까? 아니면 길게 풀어 내린 머리를 좋아할까?

너무 고민이 되어서 아무것도 할 수가 없다.

벌써 세 번이나 옷을 갈아입었다. 어제 아빠와 옷을 사는 데만 세 시간을 넘게 썼다. 스무 벌 넘는 옷을 샀지만 이런 시골 마을에는 내 마음에 드는 옷이 없다, 속상하다.

케이에게 예쁘게 보이고 싶은데 그러지 못할 것 같아서 너무 속상하다.

키스카의 방 앞을 지나다 침대에 앉아 시무룩하게 있는 그녀를 본 그레고리가 물었다.

"키스카, 왜 그러고 있어? 어제는 기분 좋아서 막 뛰어다니더니."

아빠를 돌아본 키스카가 자신의 아디다스 분홍 티셔츠를

잡아당기며 볼을 부풀렸다.

키스카의 반응을 본 그레고리가 웃으며 방 안으로 들어왔다.

"어쩔 수 없잖아, 우리 딸이 이렇게 클 줄은 아무도 몰랐는걸, 미국에 돌아가면 예쁜 옷 많이 사줄 테니 조금만 참아. 그리고 지금도 귀엽고 예뻐."

키스카가 하얀 테니스 바지 아래 보이는 자신의 하얀 허벅지를 내려다보다가 다시 불만스러운 눈으로 그레고리를 올려보았다.

"난 스커트가 좋은데."

"하하, 예쁜 것 없다고 매장을 다 뒤집어엎어 놓고 무슨 소리야. 네가 안 고른 거잖아."

"예쁜 것이 없는데 어떡해?"

"그래, 미국 가면 많이 사준다니까."

"미국 가면 늦어!"

"왜, 뭐가 늦어?"

"몰라!"

키스카가 방을 뛰쳐나갔다. 이층집인 할머니 댁의 1층 문을 열고 밖으로 뛰어나온 키스카가 산 아래를 뛰어 내려가 절벽 앞에 있는 바위에 앉았다.

시원한 바람이 불어오는 절벽 위의 바위에 쪼그리고 앉은 소녀가 무릎에 얼굴을 파묻었다. 무척 속상했는지 눈물까지 글썽거리던 키스카가 이상한 소리에 고개를 들었다.

푸르륵 푸르륵.

키스카의 눈앞에 갈색 말 한 마리가 고개를 들이밀고 있었다. 네팔에서 주인 없는 소가 시내를 돌아다니듯 이곳 조지아는 야생마들이 많았다.

사람들은 말에게 해를 끼치지 않았고, 말들도 사람을 무서워하지 않고 같이 살아가는 곳이었다. 큰 눈망울 끝에 커다란 눈물방울을 걸고 있던 키스카가 손을 뻗어 말의 머리를 만지자, 기분 좋은 듯 콧소리를 내는 말이 조금 더 가까이 왔다.

가만히 말을 만져주던 키스카가 물었다.

"네가 보기에 오늘 이 옷 어때?"

푸르륵 거리던 말이 고개를 끄덕였다.

"예쁘다고?"

말이 고개를 젓는 일은 거의 없었다, 말은 대부분 고개를 끄덕이며 푸르륵 거린다는 것을 알고 있는 키스카였지만, 대안이 없는 지금 말의 끄덕임이라도 믿어보고 싶은 것이 그녀의 마음이었다.

"고마워, 헤헤."

한참 말을 쓰다듬어 주던 키스카가 손목에 걸린 화이트 팔콘으로 시간을 확인한 후 집으로 부랴부랴 달려갔다. 아직 옷을 입고 있는 그레고리의 방문을 벌컥 연 키스카가 외쳤다.

"아빠! 빨리 가자!"

"어허, 아직 30분 정도 여유 있어. 천천히 가자, 가봐야 기다리기밖에 더해?"

"싫어! 그러다 케이 비행기가 조금이라도 빨리 도착하면 어떡해?"

"비행기가 빨리 도착해 봐야 1, 2분이야."

"그래도 싫어! 빨리 가!"

바지에 다리를 끼우고 있던 그레고리의 팔을 잡고 잡아끄는 키스카였다. 꺵꺵이로 끌려가던 그레고리가 외쳤다.

"어어, 아빠 넘어진다! 알았으니까 끌지 말고, 금방 준비할게."

그제야 손을 놓은 키스카가 그레고리의 방 침대에 앉아 준비하고 있는 아빠를 감시하자, 쓴웃음을 지은 그레고리가 재빨리 옷을 걸쳤다.

이제 무척 커버려서 다 큰 숙녀처럼 변해 버린 딸의 손을잡고 차로 데리고 간 그레고리가 집 앞에 서 있는 할머니를 향해 손을 흔들며 말했다.

"어머니, 다녀올게요. 금방 와요."

키스카 역시 조수석에 올라탄 후 창문을 열고 외쳤다.

"할머니, 금방 갔다 올게!"

차가 출발하는 것을 본 할머니가 집 문 앞에 있는 의자에 앉은 후 푸근한 미소를 지었다.

“뭐가 저리 좋을꼬? 호호.”

몇 시간 후, 조지아 공항에 도착한 건은 얼굴을 꽁꽁 가리고 있었다. 다행히 출국장에 근무하던 직원은 TV를 보지 않는 사람이었는지 건의 여권을 보고도 호들갑을 떨지 않아 조용히 공항을 빠져나오는 것에 성공한 건이 입국장의 자동문을 열고 나왔다.

“그레고리가 데리러 온다고 했었는데…….”

주위를 둘러보던 건이 저 멀리서 걸어오고 있는 그레고리와 앞에서 그를 잡아끌고 있는 여성을 보았다.

“아, 그레고리네. 옆에는 누구지?”

열심히 그레고리의 손을 잡고 빨리 가자는 듯 재촉하고 있던 여성이 고개를 들었다. 긴 백금발의 머리가 산발이 되어 얼굴을 가렸던 그녀가 한 손으로 자신의 머리를 매만져 귀 뒤로 넘기자 얼굴이 드러났다.

“키, 키, 키스카라고?”

드러난 얼굴을 본 건이 크게 놀라며 키스카를 다시 보았다.

길고 곧게 뻗은 건강한 다리, 조금 굵어 보였지만 그것이 오히려 건강해 보이는 다리였다. 타이트한 테니스 바지 덕에 가뜩이나 비율 좋은 키스카의 다리는 더 길어 보였다. 굴곡이라고는 없었던 키스카의 허리와 엉덩이가 이어지는 선은 잘록했다.

분홍색 티셔츠 안에 숨겨진 상체는 아직 성인이라고 할 수 없었지만 160에 가까워진 키스카의 신체는 이미 성인에 가까웠다.

입을 크게 벌리고 넋이 나간 표정으로 서 있던 건이었지만 다행히 선글라스와 마스크로 인해 표정이 드러나지는 않았다.

멀리서 우두커니 서 있는 건을 발견한 키스카가 아빠를 이끌던 발걸음을 멈췄다.

조금 떨어진 두 사람이 중간에 지나가는 사람들로 인해 시야를 방해받지도 않는지 서로를 우두커니 바라보았다.

키스카의 눈에 지나가는 사람들은 보이지 않았다. 오직 모자와 선글라스로 얼굴을 가린 남자 한 명만이 눈동자에 가득 새겨졌다. 표정을 알 수 없지만 분명 자신을 보고 있는 건에게 달려가 안기고 싶었지만, 발이 떨어지지 않았다.

키스카의 눈망울에 눈물이 맺히기 시작하는 것을 본 그레고리가 그녀의 어깨에 슬며시 손을 올리며 건을 가리켰다.

"많이 기다렸잖아? 가서 인사해야지."

아빠의 말에도 키스카의 다리는 움직이지 않았다.

결국 먼저 나서 건에게 손을 내민 그레고리가 말했다.

"오랜만이군, 육 개월만인가?"

"아, 그레고리. 그러네요. 건강하셨어요?"

"하하, 나야 오랜만에 고향에 와서 행복하지. 가세, 키스카랑 인사해야지."

"네, 그, 그런데 키스카가 엄청 컸네요?"

"하하, 매일 같이 보는 나도 볼 때마다 놀란다네. 오늘 아침에 키를 쟀더니 글쎄 156㎝나 되더라고. 하하"

"그, 그러게요. 육 개월이면 그리 긴 시간도 아닌데……."

"하하, 키스카가 기다리겠군, 어서 가세."

건이 멈춰 서 있는 키스카에게 다가갔다.

예전처럼 안아주기엔 너무 커버린 키스카를 내려다보던 건이 어색한 표정으로 말했다.

"키, 키스카. 잘 있었어?"

너무도 달라져 버린 건의 반응을 본 키스카가 울상을 지었다.

옆에서 그를 보고 있던 그레고리가 헛기침을 하며 몸을 돌렸다.

"어흠, 난 시내에 나온 김에 커피나 한잔 사러 가야겠군. 잠깐 인사 나누고 있게."

그레고리가 떠나고도 한참 동안 두 사람은 서로를 바라보기만 할 뿐 말을 하지 않았다.

글썽이는 눈으로 건을 올려다보던 키스카가 양팔을 들어 올렸다.

"안 안아줘?"

귀엽기만 했던 키스카의 고사리만 한 손이 커지고 이제는 건에게 안겼을 때 등을 양손에 안을 수 있을 만큼 길어져 버린 키스카의 양팔을 본 건이 어색한 포즈로 엉덩이를 뒤로 빼고 키스카를 안아주었다.

품 안에 꼭 안아주던 건이 성의 없는 포옹을 해준다고 느낀 키스카가 눈물을 글썽였다.

"흑, 으흑, 나 안 예뻐서 그러지?"

"으응?"

"나 옷 안 예뻐서 그런 거잖아. 흐흑."

"응? 무, 무슨 말이야?"

"훌쩍, 아니야?"

건이 이미 눈물을 뚝뚝 흘리고 있는 키스카의 얼굴에 손을 댔다.

엄지손가락으로 그녀의 눈물을 닦아준 건이 그녀의 옷을 내려다보았다.

분홍색을 유난히 좋아했던 키스카답게 분홍색 티셔츠에 하얀 반바지를 입고, 검은 아디다스 가젤 운동화를 신은 것을 본 건이 그녀의 머리를 쓸어주며 말했다.

"예뻐."

키스카가 아직도 홍수 터지듯 흐르는 눈물을 닦을 생각도 못 하고 말했다.

"으흑, 흐읍, 진짜야?"

"응, 예뻐. 세상에서 제일 예뻐."

"흐흑, 그럼 다시 안아줘."

자신을 올려다보고 애원하듯 말하는 키스카를 내려다보던 건이 포근한 웃음을 지으며 양팔을 벌렸다.

"이리 와, 안아보자."

"흐아아앙!"

키스카가 건에게 테이크 다운을 걸듯 와락 안겨 오며 울자, 주위를 지나다니는 사람들의 시선이 모였다.

하지만 곧 남자 쪽이 여자의 등을 두드려 주며 위로하는 것을 본 사람들은 그저 '장거리 연애를 하는 연인이 헤어지나 보다'라는 생각으로 각자 갈 길을 갔다.

10여 분이 넘는 시간 동안 키스카의 울음을 들어주던 건이 겨우 진정한 키스카의 얼굴을 만져주며 말했다.

"우리 키스카 진짜 많이 컸다. 내가 어색해질 만큼 말이야."

아직 훌쩍거리고 있지만, 많이 진정된 키스카가 여전히 건을 안은 채 그의 얼굴을 올려다보았다.

"나 예뻐?"

"응, 예뻐."

"시즈카보다?"

"응, 훨씬."

"헤헤."

"울다가 웃으면 큰일 난다."

눈물이 얼룩진 얼굴로 방긋 웃던 키스카의 얼굴이 사나워졌다.

"병준이랑 놀지 마! 그런 말은 병준이나 하는 거라고!"

"하하, 병준이가 뭐야, 키스카. 미국 이름을 부를 땐 괜찮은데 한국 이름을 그렇게 부르니까 웃기다, 하하"

눈을 동그랗게 뜬 키스카가 물었다.

"그럼 뭐라고 불러?"

"병준 오빠."

"오…… 빠? 그게 뭔데?"

"자기보다 나이 많은 남자를 부르는 말이야."

"그렇게 부르면 좋아해?"

"응, 남자는 다 좋아하지."

"케이도?"

"나도 뭐 그냥 이름 부르는 것보다 오빠라고 부르면 좋지."

"으응…… 그렇구나."

잠시 대화를 나누던 중 그레고리가 돌아왔고, 차에 타 그레고리에게 오빠라고 부르는 키스카 덕에 차에서 굴러떨어질 뻔한 건이었다.

키스카의 할머니 댁은 '압하지야'라는 작고 오래된 마을이었다. 한 시간이 넘는 시간 동안 건의 옆에 앉아 재잘재잘 동네에 대해 설명해 주는 키스카 덕에 지루함 없이 도착한 건이 차에서 내려 할머니의 집을 보았다.

산악지역인 듯 기울어진 언덕 중간에 지어진 집은 멋들어진 산을 배경으로 한 황토색 벽돌로 지어진 벽에 짙은 갈색 지붕을 가진 이층집이었다.

집 앞으로는 잔디밭으로 이루어진 내리막길이 있었고 길의 끝에는 절벽이 있었다. 절벽 건너로는 다른 산이 없고 저 멀리 보이는 도심지의 모습이 개미같이 보이는 풍경 좋은 곳이었다.

산에서 불어오는 시원한 바람을 느껴보던 건이 웃음을 짓자, 옆으로 다가온 그레고리가 건이 보고 있는 풍경을 함께 보며 말했다.

"좋은 곳이지? 여기가 내가 태어난 곳이네."

맑은 공기를 몸속에 저장하기라도 하려는 듯 크게 숨을 들여 마신 건이 웃음을 지었다.

"네, 진짜 아름다운 곳이네요."

"후후, 들어가세. 어머니께 인사부터 드리자고."

그레고리를 따라 2층의 할머니 방에 간 건은 조용히 누워 잠을 자고 있는 할머니를 볼 수 있었다.

문을 열었다가 자는 어머니의 모습을 본 그레고리가 소리가 나지 않게 문을 닫으며 말했다.

"하하, 주무시는군. 인사는 나중에 하자고."

"네, 그래요."

키스카가 바람에 날린 머리를 빗고 있는 동안 응접실로 온 그레고리가 납작한 빵을 권했다.

"조지아식으로 치즈를 넣어 화덕에 구운 빵이야. 푸리라고 부르지. 출출할 텐데 좀 들어 보게."

건이 빵을 입에 물고 물었다.

"어머님께서 지병이 있으시다고요?"

"응, 암이셔. 나이가 드셔서 수술할 수가 없다는 말을 듣고는 병원에 계시기 싫은지 집으로 돌아오겠다고 고집을 피우셨지. 아마 올해를 넘기기 어려우실 것 같아."

"그렇군요……."

"조금 더 일찍 올 걸 그랬어, 어머니가 건강할 때 왔다면 좋은 곳을 많이 구경시켜 드렸을 텐데 말이야."

후회의 눈빛을 하는 그레고리를 본 건이 안타까운 표정을 짓자 이내 표정을 밝게 바꾼 그레고리가 2층에 있는 키스카의 방을 올려다보며 말했다.

"자네, 우리 키스카를 어쩔 셈인가?"

건이 눈을 동그랗게 뜨고 물었다.

"어쩔 셈이라니요?"

"아빠인 나도 아는데 당사자인 자네가 모른다고 할 건가?"

"무슨 말씀이신지 모르겠어요, 그레고리."

"허허, 키스카가 자넬 좋아하는 걸 모른단 말인가?"

"아…… 알아요."

"알면 어쩔 건지 말해보게."

"그, 그게…… 아직 키스카는 너무 어려서요."

"어리긴, 이제 열두 살인데."

한국 나이로도 열네 살인 키스카를 건에게 떠넘기려는 그레고리 덕에 식은땀을 흘리는 건이었다.

"그, 그게 조금 더 크면 생각해 볼……."

그레고리가 가만히 건의 눈을 보았다.

갑자기 말을 멈추고 자신을 뚫어지게 보는 그레고리 덕에 어쩔 줄 몰라 하던 건이 참지 못하고 물었다.

"어떻게 하길 원하시는지……."

그레고리가 진중한 눈으로 말했다.

"감히 내 딸을 연애만 하다 늙어 죽게 하려는 건 아니겠지?"

"그, 그게……."

"아직 키스카가 어리다는 것은 인정하지. 하지만 자네 주위에는 여자가 너무 많아. 물론 자네는 눈길도 주지 않는 것 같지만 키스카는 무척 불안해하지. 특히 그 시즈카인가 하는 일본 아이 때문에 고민이 많아. 얼마 전에는 시즈카처럼 머리를 검게 염색하면 케이가 좋아할 것 같다고 저 예쁜 백금발을 염색하려고 한 적도 있다네."

"아…… 그랬군요."

"약혼하게."

건이 혼이 날아간 표정을 지으며 입을 떡 벌렸다.

다리를 꼬고 편안히 앉아 있지만, 마피아 보스 특유의 이글거리는 눈으로 건에게 시선을 두고 있는 그레고리가 다시 말을 이었다.

"간소하게라도 약혼하게, 아 물론 키스카가 성인이 되었을 때 결혼하게 되겠지만 말이야."

"그, 그게……."

"내 딸이 싫은가?"

"아, 아니. 그런 건 아니지만."

건은 너무 갑작스러운 상황에 정신이 나가 버렸다.

건이 정신이 없는 틈을 타 확답을 받아내려는지 그레고리가 다시 재촉하기 시작했다.

"부담은 주지 않지. 만약 키스카나 자네 둘 중 하나가 파혼을 요구할 경우, 나는 두 말없이 둘의 이별을 인정하지. 그럼 되겠나?"

건이 살짝 이마를 찌푸렸다.

잠시 그레고리의 눈을 보던 건이 물었다.

"왜 그렇게 조급해하시는 건가요? 그런 조건이라면 천천히 해도 되지 않을까요?"

그레고리가 자리에서 일어나 창가로 가 밖을 보았다.

팔짱을 끼고 깊은 눈으로 풍경을 보던 그가 한참 만에 입을 열었다.

"나는 불안하다네."

직감적으로 중요한 말이라는 것을 눈치챈 건이 조용히 그의 뒷모습을 보고 있었다.

"키스카는 말이야, 정상이 아니야. 아니, 정상이 아니었고 지금 정상으로 돌아오고 있지. 그래서 불안하다네. 아직 완전히 정상적인 또래 아이라고 볼 수 없으니까. 나는 자네가 꼭 키스카와 함께해 주기를 바라네. 나는 그것으로 키스카가 다른 사람과 같은 삶을 살 수 있을 거라고 믿고 있다네."

그레고리가 몸을 돌려 소파에 앉은 건을 보았다.

"자네에게 강압적인 것 같아 미안한 마음도 있어. 말을 정정해야 할 것 같군. 약혼이라기보다 우리 키스카의 옆에 꼭 있어 주겠다는 약속을 해주면 좋겠어. 그럼 내 마음이 조금 덜 불안할 것 같군."

건이 생각할 것도 없다는 듯 고개를 끄덕였다.

"물론이에요, 언제나 키스카가 원하면 옆에 있을 겁니다."

그제야 미소를 지으며 건을 보던 그레고리가 고개를 돌렸다가 2층에서 이어진 계단에 서 있는 키스카를 보고 놀랐다.

"키스카?"

얼굴이 빨개진 키스카가 후다닥 2층으로 사라졌다.

언제부터 들었는지 모르지만 키스카는 건이 자신이 원하는 한 언제나 옆에 있을 것이라는 말을 듣고 부끄러워져 도망간 것이었다.

피식 웃은 그레고리가 건을 보며 어깨를 으쓱했다.

"그럼 조지아식 요리를 대접해 주지, 므츠바디라고 들어봤나? 조지아식 고기 꼬치 요리라네."

"하하, 들어는 봤는데 먹어보진 못했어요."

"좋아, 솜씨를 부려보지, 그런데…… 장작이 좀 모자라는군, 뒤뜰에서 좀 가져다주겠나?"

"아, 알겠습니다."

집 밖으로 나온 건이 집을 돌아 뒤뜰로 향했다. 그레고리가 미리 나무를 마련해 놨는지 적당한 크기로 잘려 있는 나무를 한아름 집어 든 건이 집 안에 있는 화덕으로 향했다.

뭔가 반죽을 하려는지 준비를 하고 있던 그레고리가 화덕을 고갯짓하며 말했다.

"적당히 넣어줘. 불이 너무 세면 안 되니 잘 조절해야 해. 불은 이미 붙어 있으니까 장작을 더 넣기만 하면 될 거야."

"네, 해볼게요."

작은 화덕 앞에 간이 의자를 놓고 앉은 건이 화력을 조절하며 마른 장작을 손으로 조금씩 뜯어 불길을 잡았다.

아무 생각 없이 반복적으로 장작을 뜯어 넣던 건의 머릿속에 키스카의 모습이 떠올랐다. 아이라고만 생각했던 그녀는 훌쩍 커 여인이라고 불러도 이상하지 않을 몸을 가지게 되었다.

아직 정신적으로는 어리지만, 예전과 같이 대하지는 못할 것 같은 느낌을 가진 건이 그레고리와의 대화를 떠올렸다.

'세상에 약혼이라니. 너무 어리잖아.'

복잡한 생각을 하며 불을 피우던 건의 옆에 그레고리가 다가와 화덕에 푸리를 굽기 시작했다.

옆에 꼬치에 구운 고기도 올려 맛있게 구워낸 그가 조지아의 특산품인 와인 한 병까지 꺼내 식사를 하는 중에도 방에 올라간 키스카는 나오지 않았다.

푸짐한 식사를 끝냈을 때 늦은 오후가 되었고, 와인 덕에 술이 오른 그레고리가 비틀거리며 일어났다.

"난 낮잠 한숨 자야겠군. 자네도 피곤할 텐데 한숨 자지그래?"

"아, 그럴게요."

"방은 2층에 있네."

그레고리가 먼저 올라가고 혼자 남은 건이 그릇들을 정리하고 설거지를 한 후 2층으로 올라갔다.

방문이 모두 닫힌 방 중 유일하게 열려 있는 방으로 들어간 건이 방을 돌아보았다. 그의 방은 체크무늬 침대보가 있는 침대 하나와 작은 화장대만 놓인 아담한 방이었다.

그레고리가 미리 건의 캐리어를 옮겨두었는지 한켠에 있는 가방에서 편한 옷을 꺼내 갈아입은 건이 침대에 몸을 눕혔다. 조금 피곤했지만, 오늘 있었던 일 때문인지 마음이 복잡해진 건이 잠을 이루지 못하고 뒤척거리던 중 조심스럽게 방문을 여는 소리를 들은 건이 고개를 들었다.

여전히 얼굴이 빨갛게 달아오른 키스카가 베개를 들고 방문 앞에 서 있었다.

건이 상체를 세워 앉은 후 물었다.

"키스카, 왜 밥 먹으러 안 왔어?"

가만히 옆구리에 낀 베개를 내려다본 키스카가 방 안으로 들어왔다.

"옆에서 잘래."

"응?"

"맨날 같이 잤잖아, 옆에서 잘래."

"아니, 저기 키, 키스카."

침대에 앉은 채 발을 움직여 물러나는 건을 본 키스카가 베개를 침대에 던진 후 가장자리에 앉았다.

"왜? 얼마 전에도 같이 잤잖아. 갑자기 왜 그래?"

건이 식은땀을 흘리며 물러났다.

"아니, 그게 아니라. 저기."

키스카가 고개를 숙인 후 말했다.

"같이 있어준다며."

"응?"

"내가 원하면 같이 있어 준다며."

"아, 그건 그런데……."

키스카가 건에게 안겨들었다. 상체를 세우고 있던 건이 키스카의 힘에 밀려 눕혀졌다. 당황한 건이 키스카를 밀어내려 했지만, 그의 허리를 꼭 안은 키스카가 속삭였다.

"재워줘. 예전처럼."

몸은 컸지만, 여전히 아기 냄새가 나는 키스카의 체온을 느끼던 건이 피식 웃음을 지었다.

'내가 무슨 생각을 한 거야?'

건이 키스카의 머리를 매만져 주었다.

예전처럼 자신의 머리를 만져주는 건의 손길이 좋은지 그의 배에 얼굴을 비비던 키스카가 이불을 끌어 올리며 말했다.

"잘자, 오빠."

"하핫, 발음 좋네."

"재워줘."

건이 키스카의 머리를 쓰다듬어 주다가 나지막한 목소리로 노래를 시작했고, 그의 품에 안긴 키스카는 곧 잠이 들었다.

새근거리는 키스카를 내려다보며 노래하던 건이 그녀가 완전히 잠이 든 것을 확인하고 미소를 지었다.

'몸은 커도 여전히 아기네. 우리 키스카.'

따뜻한 키스카의 체온을 느끼던 건의 눈이 사르르 감겼다. 장시간의 비행에 피곤하기도 했고, 키스카 덕에 긴장했던 마음이 풀리자 순식간에 수마가 건을 덮쳤다.

무거운 눈꺼풀이 감기기 직전 또다시 방문이 열리는 소리가 들렸다. 잠결에 고개를 돌린 건의 눈에 경악한 표정을 짓고 있는 할머니가 들어왔다.

"세, 세상에! 넌 누구야!"

다짜고짜 소리를 지르는 할머니 덕에 잠에서 깬 건이 상체를 일으키자 이불이 스르르 내려오며 건의 옆에서 잠이든 키스카가 보였다.

건과 키스카가 함께 자고 있는 것을 본 할머니가 경기를 일으키듯 놀라며 옆에 있던 빗자루를 들고 방 안으로 뛰어들어와 마구 휘둘렀다.

"누구야! 누군데 우리 손녀를! 그레고리! 그레고리! 어디 있니!"

"아, 저기 할머니 그게 아니라 저는……."

"이 치한 놈이 어디서 남에 귀한 손녀를!"

먼지와 거미줄이 잔뜩 묻은 빗자루로 머리를 맞으며 콜록대고 있는 건이 힘없이 웃었다.

잠결에 멍하게 할머니의 폭력을 지켜보던 키스카가 뒤늦게 당황하며 할머니를 말렸다.

빗자루를 든 채 건을 경계하던 할머니는 한참이나 계속된 그녀의 설명을 듣고 나서야 민망한 얼굴로 사과를 건넸다.

늙은 할머니의 빗자루질은 그리 아프지도 않았고 할머니에게 유독 약한 건은 그저 웃으며 괜찮다며 오히려 할머니를 다독였다.

할머니가 다시 자신의 방으로 돌아간 후 바람을 쐬기 위해 밖으로 나간 건이 아래쪽으로 내려가 절벽 앞의 바위 위에 앉았다. 절벽 아래로 보이는 밤의 절경은 네팔과는 다른 느낌을 주었지만 신선하고 상쾌한 공기는 마찬가지였다. 바위에 걸터앉아 크게 기지개를 켠 건이 팔짱을 끼고 생각에 잠겼다.

아더를 돕고, 학교 일을 처리한 후에 키스카의 일까지. 여러 가지 일들이 일어났기에 음악적 연구와 고민을 잠시 미뤄두었던 건은 오랜만에 마주한 거대한 자연경관 앞에서 음악에 관해 당면한 과제들에 대해 잠시 생각에 잠겼다.

'아스날에 넘겨준 응원가는 일단 성공했지만, 아직 풀지 못한 부분이 많다. 특히, 보색의 잔상…… 이건 도저히 감도 안 잡히고, 또 세 가지의 색을 넣는 법을 알아내긴 했지만, 과연 그것이 전부인지 알 수 없다. 꼭 밴딩이 들어가야 세 가지 감정을 넣는 것이 가능해지는 걸까?'

복잡한 표정으로 절벽 너머 보이는 지평선을 보던 건이 생각의 늪에 빠져 버렸다.

한번 음악에 대한 연구와 고찰에 빠져들면 시간 개념이 없어지는 건 덕에 늦은 시간까지 돌아오지 않는 그를 찾아 나선 키스카가 집 밖으로 나왔다.

걱정스러운 눈으로 가디건을 걸치며 나온 그녀는 문을 나서자마자 보이는 건의 뒷모습을 보며 안도의 한숨을 쉬었다.

건에게로 다가가는 길. 언제나 집 문을 열면 보이던 익숙한 풍경이었지만, 거대한 자연경관 안에 이전과 다른 점은 건의 뒷모습이 있다는 것뿐이었다.

하지만 그것만으로 매일 보던 풍경이 너무 아름답게 느껴졌던 키스카가 미소를 머금고 살금살금 건의 뒤로 다가갔다.

장난을 쳐 보려 했지만, 너무나 진지한 표정으로 고민하고 있는 건의 옆모습을 본 키스카가 소리가 나지 않도록 조심스럽게 건이 앉은 바위 옆에 앉았다.

심각한 눈으로 멀리 지평선을 바라보고 고민에 빠진 건의 옆 모습, 너무도 아름다운 옆모습을 보고 있는 키스카의 눈이 풀렸다. 그저 잘생긴 사람이라 생각했던 건은 사춘기에 접어든 키스카에게 조금 다르게 보이기 시작했다.

눈썹을 살짝 덮는 웨이브진 검은 머리.

짙은 눈썹과 긴 속눈썹, 깊숙한 눈.

적당히 크고 아름다운 검은 눈동자.

날카롭다는 말이 어울릴 만큼 높은 콧날.

금방이라도 피가 흐를 것 같은 붉은 입술.

하얀 얼굴과 유려한 얼굴선.

그리고 그 아래 부드럽게 튀어나온 목젖.

키스카의 어리기만 했던 마음이 점점 변해갔다. 그저 함께 하고 싶은 사람이었고, 갖고 싶은 사람이자, 남에게 빼앗기기 싫은 친오빠 같기만 했던 사람을 보는 키스카의 심장이 미친 듯이 뛰었다.

얼굴이 빨갛게 달아오른 키스카가 고민에 빠진 건의 옆모습에서 눈을 떼지 못할 때 그의 고개가 천천히 자신에게 돌려졌다.

자신이 옆에 다가온 것을 몰랐던 듯 살짝 눈썹을 꿈틀한 그가 미소를 지으며 말했다.

"언제 왔어?"

멍한 표정의 키스카가 얼굴에서 느껴지는 화끈한 열기에 손부채질을 했다.

"아…… 더, 더워서."

미소를 지으며 키스카의 앞머리를 정리해 준 건이 다정한 목소리로 물었다.

"그레고리한테 들었어. 요새 축구에 빠졌다며?"

기분 좋은 손길을 느끼던 키스카가 살짝 고개를 숙이며 말했다.

"으응…… 그런데 요새 시즌이 끝나서 경기가 없네. 하이라이트 보면서 공부하고 있어. 생각보다 역사가 깊은 운동 경기더라."

"그렇지, 백 년이 넘었으니까."

그저 말없이 바라만 보기만 해도 좋았던 건과 단둘이 앉아 있는 절벽에서 잠시의 침묵도 어색하게 느끼는 키스카가 여전히 붉어진 얼굴로 물었다.

"아스날 소식은 들었어?"

키스카의 머리를 만지던 건이 손을 내리며 말했다.

"응, 시즌 2위, 챔스 4강, FA 컵 우승을 했지?"

"응, 그것 때문에 계속 화제였어. 내년 시즌이 더 기대된다고 하더라."

"후후, 그래. 경기 끝날 때마다 케빈이 알려줘서 잘 알고 있어."

"그, 그…… 시계는?"

"응? 시계 뭐?"

"시, 시계…… 다른 모델은 안 나와?"

"아, 나올 거야."

"어, 어떤 건데?"

"그레치사는 유서 깊은 곳이니까 화이트 팔콘만 있는 것이 아니거든, 썬버스트나, 오렌지 모델로 새로운 수제 시계를 만들 거고, 아마 두 달 후쯤 나올 거야."

"이번에는 여자 시계도 만드는 거야?"

"응, 오렌지 모델이 여성용으로 나올 거야, 키스카 것은 따로 부탁해 뒀으니 시리즈 별로 가질 수 있을 거고."

"으, 응. 고, 고마워."

건이 키스카의 어깨에 손을 올리며 물었다.

"키스카답지 않게 말을 더듬고 그래? 무슨 문제라도 있어?"

건이 자신의 어깨를 만지자, 몸을 움찔거린 키스카가 더욱 빨개진 얼굴로 외쳤다.

"아, 아니야! 아무것도!"

가로등 하나 없는 어두운 곳이라 자신의 얼굴이 붉어진 것이 보이지 않는 것을 다행스럽게 생각한 키스카가 걱정스러운 눈으로 자신을 뜯어보고 있는 건을 힐끔 보았다.

"지, 진짜 아무렇지 않아."

"열나는 것 같은데? 감기 걸린 것 아냐?"

키스카의 뺨에 손등을 댄 건이 양손으로 그녀의 양 볼을 만졌다.

"진짜 열 있는 것 같은데?"

키스카가 건의 손 위에 자신의 손을 올린 후 말했다.

"아니야…… 그런 거……."

건이 볼에서 손을 떼 그녀의 이마에 손을 대려 하자, 손에 힘을 주고 건의 손을 잡은 키스카가 다시 그의 손을 자신의 뺨에 댔다.

"괜찮아, 그냥 이렇게 있어줘."

아무 생각 없이 키스카를 보던 건이 살짝 어색해진 공기에 당황했다. 자신의 손을 꼭 잡은 키스카가 억지로 볼에 손을 대고 있었기에 시선을 둘 곳이 없었던 건이 주위를 바라보았다.

"으…… 좀 춥지 않아? 들어갈까?"

"여름인데 뭐가 추워."

"바, 밤이라 그런가? 흠흠"

"조금만 더 있자."

"으응……."

한참 건의 눈을 바라보는 소녀, 그런 소녀의 부담스러운 눈길을 자꾸 피하는 건. 두 사람 사이에 약간의 시간이 흐르고, 키스카의 입이 열렸다.

"뭘 고민하고 있었어?"

"아…… 연구하고 있는 것이 있었거든."

"뭔데, 말해봐."

"이게 조금 어려운 거라……."

"오빠가 생각하고 있는 건 뭐든 알고 싶어. 말해줘."

"아…… 하하, 오빠 소리가 기분은 좋긴 한데……."

"그냥 말해주면 안 돼?"

"아…… 알았어. 그럼 잠깐 손 좀 놓고……."

건의 말에 볼에 대고 있던 그의 손을 놓아준 키스카가 가만히 건의 말을 기다렸다.

손을 통해 전해진 키스카의 체온에 주먹을 쥐었던 건이 자신의 손을 내려다보며 입을 열었다.

"전에 말했듯이 미술관에서 연구했었잖아, 그때 조르주 쇠라라는 화가의 그림을 보고 많은 도움을 얻었거든, 미술관에서 일하는 아비게일의 도움으로 논문을 봤는데 거기에서 보색의 잔상이라는 글귀를 봤어. 이것을 음악적으로 이용할 수 있을지에 대해 아직 연구가 끝나지 않았거든."

키스카가 큰 눈망울로 물었다.

"보색? 서로 대비되는 두 가지 색 말이야?"

"응, 맞아. 대비되는 두 가지 색을 배치했을 때 전혀 다른 색의 잔상이 나오는 것을 말해."

"으응…… 그렇구나."

"아, 그러고 보니 키스카는 글에서 색을 볼 수 있지?"

"응."

"하하, 생각해 보니 나는 악보, 키스카는 글에서 색을 보는 유일한 사람이네."

"응, 그래서 좋아."

"뭐가?"

"색이 보인다는 것을 이해해 주는 유일한 사람이잖아, 오빠는. 오빠에게 나도 그런 사람일 테고."

"아…… 하하 그, 그러네. 요, 요새도 책 많이 봐?"

"응, 아빠가 자주 사다 줘."

"뭘 보는데?"

"어제 표도르 도스토옙스키의 '까라마조프 씨네 형제들'을 읽었어."

건의 얼굴이 굳어졌다. 매일 자신에게 동화책을 읽어달라고 조르는 키스카가 읽는 책은 성인들도 어려워하는 책이었기 때문이었다.

"도…… 스토옙스키?"

"응, 이제 그 사람 책은 다 읽었어."

"그, 그런 책을 읽으면서 왜 동화책을……."

키스카가 당황했다.

잠시 우물쭈물하던 그녀가 조그맣게 말했다.

"오, 오빠 목소리 들으며 자는 게 좋아서……."

예전 같았으면 그저 귀여운 키스카의 머리를 쓰다듬어 주며 웃었을 건이 크게 당황했다. 헛기침을 하고 먼 산을 보기도 하며 어색해하는 건을 빤히 본 키스카는 나란히 앉은 건의 어깨에 살포시 머리를 기대며 행복한 미소를 지었다.

그녀의 표정이 보이지 않았지만, 어깨에 닿은 키스카의 머리를 보던 건 역시 마음이 따뜻해지는 것을 느끼고, 미소를 지었다.

건의 어깨에 기대어 그의 손가락을 만지작거리던 키스카가 문득 생각났다는 듯 말했다.

"아! 그거, 나 책에서 읽은 적 있는 것 같아."

갑자기 고개를 들어 자신을 올려다보는 키스카와 얼굴이 너무 가까워져 놀란 건이 고개를 뒤로 뺐다.

"으헉, 어, 어?"

"그거, 보색의 잔상."

"응?"

키스카가 건의 팔짱을 끼며 말했다.

"의사의 수술복이 녹색인 이유가 보색의 잔상 때문이라는 글을 읽은 기억이 나."

건의 눈썹이 꿈틀했다.

"말해줄래?"

키스카가 수술하는 의사 흉내를 내며 말했다.

"의사는 장시간 피를 보며 수술을 하잖아, 이때 눈에 붉은색이 익숙해져 있는데, 고개를 들었을 때 다른 의사나 간호사가 흰옷을 입고 있으면 초록색의 보색인 붉은색과 초록색이 눈에 어른거리게 된대. 그러면 의사의 눈에 혼동이 와서 집중력이 크게 떨어진다고 쓰여 있었어. 그래서 수술실에 들어가는 모든 스탭의 옷은 초록색이라고 말이야."

건이 새로운 사실을 알게 되었지만, 힌트는 얻지 못했는지 그저 고개를 끄덕였다.

"으응, 그런 뜻이 숨어 있었구나."

키스카가 동그랗게 뜬 눈으로 건을 올려다보았다.

"그런데 그 책에 이런 말이 있었어. 흰색은 모든 색이 다 섞여 있는 색이라, 보색의 잔상이 선명하다. 보색의 잔상을 피해야 하는 사람이라면 흰색을 사용하지 말아야 한다."

건의 눈동자에 힘이 들어갔다.

"흰색?"

"응, 흰색 말이야. 그리고…… 동양의 사찰 이야기도 있었어."

"사찰? 절 말이야?"

"응, 동양의 사찰이 신비롭고 화려해 보이는 것은 녹색과 붉은색, 두 가지 대비되는 보색의 사용으로 서로가 더욱 선명하고 뚜렷하게 보이게 하기 때문이랬어, 또 동양의 사찰에서는 흰색을 사용하지 않는다는 말도 있었고."

"흰색…… 흰색이란 말이지."

뭔가 힌트를 얻은 듯 눈동자에 힘이 들어간 건이 절벽 너머로 시선을 던졌다.

가만히 건을 바라보다가 고민에 빠지기 시작한 건을 본 키스카가 살짝 웃으며 다시 그의 어깨에 머리를 기댔다.

고민에 빠진 건과 그런 건의 옆에 있는 것만으로 행복한 키스카의 밤이 깊어지고 있었다.

조지아의 청명한 하늘에 떠 있는 별빛들이 따뜻한 빛으로 두 사람을 내리쬐고, 행복에 겨운 소녀의 웃음이 아름답게 빛났다.

♪♪♩

삼 일간.

조지아의 시골 마을에서 키스카와 함께 보낸 시간은 활동과 연구로 지친 건의 심신에 활력을 주었다.

단 삼 일뿐이었지만, 그 사이 또래의 소녀들처럼 행복한 웃음을 지으며 밝아진 키스카는 항상 건의 팔짱을 끼고 꼭 잡은 손을 놓치지 않았다. 마을 주변을 산책하고, 작은 시내에서 쇼핑을 하는 소녀는 늘 아빠와 다니던 특별하지 않은 길거리의 풍경이 모두 아름답게만 보였다.

달라지지 않은 거리에 달라지지 않는 풍경 속, 단 하나만 바뀌었다. 그 속에, 자신의 옆에 건이 있다는 것. 그것만으로 얼마나 큰 변화가 생긴 것인지 알아챈 키스카는 점점 커져가는 자신의 마음에 두근거리는 가슴을 부여잡았다.

영원히 계속되었으면 하고 바랐던 시간은 결국 끝이 났다. 미국으로 돌아가야 하는 날 그레고리의 차를 타고 공항에 도착한 키스카는 불안함과 서운함이 가득 담긴 눈으로 연신 건의 손가락을 만지작거렸다.

"좀 더 있으면 안 돼?"

애정 가득한 소녀를 내려다보던 건이 웃음을 지으며 소녀의 머리에 손을 올렸다.

"또 올게. 학교랑 약속한 것이 있어서 늦으면 유급이야, 수업도 안 들으니 변명거리도 없잖아."

"으응…… 그래도……."

"후후, 얼른 돌아와."

"으응……."

두 사람을 보던 그레고리가 헛기침을 하며 시계를 보았다.

"어험, 아직 비행기 시간이 남았지? 조지아는 커피 맛도 꽤 괜찮은데 커피 한잔하고 가지?"

그레고리를 돌아본 건이 시간을 확인하고 고개를 끄덕였다.

"네, 시간은 있네요."

"험험, 난 아까 올 때 보니 차가 내는 소리가 심상치 않네, 센터에 가서 점검을 받고 올 테니 두 사람이 먼저 카페로 가 있는 게 좋겠군."

눈치 빠른 그레고리가 자리를 피해주자 작게 웃음을 지은 건이 팔을 내밀며 말했다.

"가실까요, 레이디?"

키스카의 팔짱을 끼고 카페에 도착한 건이 30여 분간 마지막 시간을 보냈다.

돌아가면 매일 두 번씩 전화하기로 약속하고, 시즈카와 너무 가깝게 지내지 말라는 등의 당부를 들으며 시간을 보내던 건이 비행기 시간이 가까워짐을 확인하고 자리에서 일어났다.

"그럼 이만 갈까?"

서운한 눈빛을 한 키스카와 게이트 앞까지 걸어간 건이 키스카의 어깨에 손을 올리며 말했다.

"이제 갈게."

"응……."

"건강하고, 많이 먹어서 키 더 크고. 알았지?"

"응……."

"안아보자."

건이 허리를 숙여 키스카를 안았다.

습관처럼 양팔을 들어 건의 목을 껴안은 키스카가 건의 볼에 뽀뽀를 해주며 말했다.

"진짜 전화 자주 해야 해."

"하하, 알았어."

짧은 인사를 마치고 게이트로 들어가는 건은 몇 번이고 뒤를 돌아보며 손을 흔들었다.

자동문이 닫힐 때까지 건에게서 시선을 떼지 못하는 키스카 덕에 몇 번이고 다시 손을 흔들어준 건이 출국 심사를 마치고 비행기에 올랐다.

일등석이었기에 대기 없이 즉시 탑승한 건이 티켓에 기재된 좌석 번호를 확인하며 자신의 좌석을 찾았다.

'A-39면…… 복도 쪽이지, 아마?'

일등석은 여러 구역으로 나누어지지 않기에 금방 자리를 찾은 건의 눈에 실망감이 어렸다.

'아…… 비행 시간 동안 연구를 좀 하려고 했는데…… 옆자리에 사람이 있네.'

A-38이라고 기재된 창 측 좌석에 키가 커 보이는 짧은 금발 남자가 흑갈색 정장을 입고 앉아 있는 것을 본 건이 머리 위 화물칸에 짐을 넣은 후 자리에 앉았다.

잠시 눈이 마주친 남자에게 눈인사를 건네자, 희미하게 미소를 지으며 묵례를 하였지만 이내 건에게서 시선을 떼고 눈을 감는 남자였다.

'휴, 다행히 날 모르나 보다. 음악엔 관심 없는 사람인가?'

자신을 알아보지 못하는 것이 오히려 다행이라고 생각한 건이 소지하고 있던 작은 백에서 오선지와 펜을 꺼내 들었다.

빈 오선지를 내려다보며 고민하던 건의 귀로 이륙을 알리는 안내 방송이 들렸다. 잠시 오선지에서 시선을 떼고 안전벨트를 확인한 건이 비행기가 궤도에 오르고 안전벨트 해제를 알리는 안내음을 들은 후에 다시 오선지에 신경을 집중했다.

'키스카의 말대로 흰색을 이용해 보면 어떨까? 일단 실험이니 감정은 생각하지 말고 초록과 붉은색, 흰색을 이용해 보자.'

건의 손에 잡힌 펜의 움직임에 따라 오선지를 수놓은 음표의 색이 화려하게 번져갔다. 초록으로 시작된 음표는 마디를 건너며 붉은색으로 변했고, 마지막 마디는 흰색으로 채웠다.

테두리도 생기지 않은 악보를 굳은 표정으로 내려보던 건의 눈빛이 심각해졌다.

'전혀 감도 안 잡히네. 어떻게 해야 섞을 수 있는 거지?'

줄을 바꾼 오선지 위에 초록색에 붉은 테두리를 그려 넣은 건이 밴딩을 이용해 흰색을 섞었다. 초록색과 흰색이 반반씩 들어간 음표에 붉은 테두리가 생기는 것을 본 건이 다시 팔짱을 꼈다.

'여기까지는 이미 연구했던 것인데…….'

오선지 위에서 슬라이드나, 밴딩 표기를 그려 넣으며 실험을 하던 건은 다섯 시간이 넘는 시간 동안 여러 가지 시도를 하며 시간을 보냈다.

너무 긴 시간 동안 집중력을 유지해서 인지, 아니면 높은 고도에서 비행하고 있는 것 때문인지 피로가 몰려온 건이 눈을 비볐다.

'계속 대비를 이용해 볼까…… 붉은색만 가득한 음표를 보다가 흰색으로 바뀐 음표를 본다면 음…… 음냐, 졸리다…….'

♪♪♩

건의 고개가 툭 떨구어졌다. 손에 잡고 있던 펜이 떨어지며 바닥에 구르자, 펜을 주워드는 손이 보였다.

건의 옆에 앉은 짧은 금발 남자가 펜을 주워들고 엎드린 채 잠이 들어버린 건을 내려다보았다.

엎드린 건의 팔 사이로 보이는 오선지를 뚫어지게 보던 남자가 팔 사이로 펜을 밀어 넣은 후 말했다.

"음…… 이십 년은 더 걸릴 것으로 생각했는데, 꽤 빠르군."

영문을 알 수 없는 소리를 하던 남자가 고개를 뒤로 돌리며 말했다.

"안 그런가, 가마긴?"

그의 뒷자리, 정확히 건이 앉은 뒷자리에 검은 장발에 선글라스를 쓰고, 검은 슈트를 입은 남자가 검은 가죽장갑을 낀 손을 깍지 낀 채 그를 주시하고 있었다.

"그렇군."

짧은 금발 남자가 슬쩍 웃으며 말했다.

"걱정 마, 아직 뭔가 할 생각은 없으니."

가마긴이 선글라스를 벗었다.

푸른 불꽃이 일렁이는 듯한 그의 눈빛이 금발 사내의 뒤통수에 꽂혔다.

"아직?"

엎드려 있는 건을 힐끔 본 남자가 양팔을 들어 올렸다.

"아, 오해가 있을 수 있겠군, 난 아이에게 해를 끼칠 생각이 없어."

여전히 이글거리는 눈으로 그의 뒷모습을 보고 있던 가마긴이 입을 열었다.

"네 녀석의 능력도 받은 아이다. 지켜야 하지 않겠는가, 칼리엘."

가마긴의 입에서 그의 이름이 나왔다.

건이 꿈속에서 존 레논을 만날 때 건에게로 와 감정을 흔드는 능력을 준 천사인 칼리엘이 오랜만에 건의 곁에 모습을 드러낸 것이다.

칼리엘이 짧은 금발을 눌러 모양을 잡으며 말했다.

"하하, 나야 그저 미카엘 님 명령에 따라 움직이는 것뿐이네."

"미카엘의 전언이 있었나?"

"음…… 전언이라고 해야 하나? 아니군, 그저 지시였을 뿐."

"어떤 지시였지?"

칼리엘이 히죽 웃으며 뒤를 돌아보았다.

"천사들의 일을 왜 말해줘야 하지?"

가마긴이 입을 닫고 그를 노려보았다.

금방이라도 공격을 퍼부을 것 같이 그를 노려보던 가마긴이 일순간 소파에 편안히 등을 묻었다.

"해볼 테면 해봐."

칼리엘이 피식 웃으며 고개를 돌려 건의 앞자리에 보이는 긴 금발 남자의 뒷모습을 보았다.

"자신 있나 보군, 하긴 파이몬까지 왔으면 내가 무슨 짓을 해 볼 틈도 없겠지."

앞자리에 앉아 있던 파이몬이 고개를 돌리며 싱긋 웃었다.

"칼리엘, 오랜만이야."

"그래, 꽤 오래 지났지, 네 덕에 죽은 크루세이더들의 영혼에 안식을 내려준 후 처음이니까 말이야."

파이몬이 송곳니를 드러내며 웃었다.

"크크, 네가 쓸어버린 우리 아이들 수도 만만치 않지."

"천사와 마물들의 생명이 비교할 수 있는 것이던가?"

"흐흐, 그건 네 생각이고. 우리에겐 네놈들 천사 백 명의 무게와 마물 한 마리의 무게가 같을지도 모르지."

"휴우, 자네 옆자리에 있는 건 암두시아스인가?"

뒤도 돌아보지 않은 암두시아스가 손만 올려 흔들었다.

"안녕, 서로 얼굴 보고 유쾌해질 사이는 아니니 안면은 안 트는 것이 좋겠군."

"나도 바라는 일이니 고개 돌리지 말게."

손사래를 치는 칼리엘의 뒷모습을 보던 가마긴이 물었다.

"네 녀석 정도나 되는 놈이 움직이는데 우리가 모를 거라 생각했을 리는 없을 테고, 아이에게 가까이 다가오면 우리가 나타날 것을 알고 모습을 드러낸 것일 텐데. 왜지? 왜 왔나?"

칼리엘이 지나가는 스튜디어스를 보고는 신문을 펴며 딴청을 피우다 말했다.

"바알과 아가레스는 만났나?"

생각지도 않은 악마들의 이름이 나오자 가마긴이 힐끔 주위를 바라본 후 말했다.

"만났다."

"음, 별일 없는 것 보니 그쪽은 잘 처리했나 보군."

"네가 상관할 일이 아니다."

"하하, 그런가?"

"말해라, 왜 왔나?"

가마긴의 말이 끝나자 파이몬과 암두시아스가 동시에 칼리엘을 돌아보았다.

두 사람의 눈에 귀기가 어리는 것을 본 칼리엘이 양 손바닥을 펴 보이며 말했다.

"아아, 아이에게 해를 끼치려고 온 것이 아니라니까 그러네. 진정들 하라고."

평소의 장난끼를 지운 파이몬이 무서운 표정으로 말했다.

"가마긴 각하의 질문에 답해라."

칼리엘이 신문을 접어 앞 좌석의 주머니에 넣은 후 잠이든 건을 보았다.

"아이의 현재 상태를 체크하려고 온 것뿐이야."

여전히 무서운 표정으로 칼리엘을 노려보는 파이몬이 말했다.

"직접 와서 보지 않아도 알 텐데?"

자신을 노려보는 파이몬과 달리 평온한 표정으로 그를 보던 칼리엘이 웃음을 지었다.

"그래, 맞아. 너희들에게 말해주고 싶은 것이 있어서 왔다."

"뭐지?"

자신에게 꽂힌 세 사람의 시선에 기분 좋은 듯 웃음을 지은 칼리엘이 말했다.

"얼마 전 미카엘 님에게 시바가 찾아왔다."

선글라스로 가려져 표정을 알 수 없는 가마긴의 눈썹이 꿈틀했다.

"시바가?"

몸을 돌려 가마긴을 바라본 칼리엘이 말했다.

"히말라야에 있던 숨겨진 고대의 성, 그곳에 구시온이 나타났다. 시바는 그것을 전하기 위해 미카엘 님을 찾아왔고 말이야, 실은 네게 먼저 찾아갔지만 바알과 아가레스를 만나느라 시바와 길일 엇갈린 듯하더군, 결국 그는 미카엘 님에게 찾아와 말한 것이고 말이야."

가마긴이 진중한 어투로 말했다.

"구시온의 성이라면 중세에 그놈을 따르던 미친놈들이 만들었던 그 성을 말함인가?"

"맞아, 인간의 발길이 닿지 않은 그곳에 있지."

잠시 숨을 고른 칼리엘이 심각한 눈으로 턱을 쓸었다.

"그리고 어제, 인간 세상에서 활동하는 모든 천사에게 미카엘 님의 명이 떨어졌다. 아이에게서 눈을 떼지 말라고 말이야. 네 녀석들도 슬슬 긴장해야 할 때라는 이야기지."

파이몬이 한쪽 눈썹을 추켜올리며 말했다.

"천사들도 아이를 지키는 쪽에 서겠다는 건가?"

칼리엘이 크게 숨을 내쉬며 말했다.

"별로 마음에 들지는 않지만, 미카엘 님의 명이시니 할 수 있나. 일단 아이의 가까운 곳에 있는 두 천사가 일선에서 지키겠지만, 상대는 구시온이다. 그 두 천사가 막아낼 수 있는 놈이 아니지."

각자의 자리에 앉아 눈빛을 빛내는 세 악마가 히말라야산맥이 있는 쪽을 바라보았다.

To Be Continued

Wish Books
9클래스 소드 마스터
이형석 퓨전 판타지 장편소설
WISHBOOKS FUSION FANTASY STORY
검성(劍聖), 카릴 맥거번.
검으로 바꾸지 못한 미래를 다시 쓰기 위해
과거로 돌아오다.
이민족의 피로 인해 전생에 얻지 못한 힘.
'이번 생에 그걸 깨주겠다.'
오직 제국인들만이 사용할 수 있었던,
그 힘을!
'나는 마법을 익힐 것이다.'
이제, 검(劍)과 마법(魔法).
두 가지의 길 모두 정점에 서겠다.
9클래스 소드 마스터: 검의 구도자